GOLDMANN

Buch

Nach dem überwältigenden Erfolg des ersten Abenteuers von Jesse und seinem Freund, dem Orcawal Willy, erzählt *Free Willy II* von der dramatischen Wiederbegegnung der beiden. Obwohl Willy in der Freiheit seine Familie gefunden hat, steht sein Leben ein weiteres Mal auf dem Spiel, als nahe der Küste ein Öltanker havariert. Die Wale suchen Zuflucht in einer Bucht, doch die Ölpest stellt selbst dort eine tödliche Bedrohung für sie dar. Ob sie gerettet werden können, ist mehr als fraglich, da die medizinischen Bemühungen der Tierärzte keinen Erfolg zeigen. Für Jesse ist das leider nicht die einzige Sorge. Nach dem Tod seiner Mutter taucht bei den Greenwoods plötzlich sein großmäuliger Halbbruder Elvis auf, mit dem Jesse nicht zurechtkommt. Und da ist auch noch Nadine, ebenfalls Orca-Expertin und für Jesse die erste große Liebe. Für diese drei wird der Kampf um das Leben der Orcas zu einer Bewährungsprobe auf Leben und Tod.

Autor

Kenneth Roycroft ist freier Schriftsteller und Journalist. Als Goldmann Taschenbuch ist von ihm bereits erschienen: *The Crow/Die Krähe* (42967)

Als Goldmann Taschenbuch ist außerdem lieferbar:
Jordan Horowitz. *Free Willy: Ruf der Freiheit* (42573)

KENNETH ROYCROFT

FREE WILLY 2

FREIHEIT IN GEFAHR

ROMAN ZUM FILM

Nach dem Drehbuch von Karen Janszen
und Corey Blechmann und John Mattson
Nach Figuren von Keith A. Walker

GOLDMANN VERLAG

Umwelthinweis:
Alle bedruckten Materialien dieses Taschenbuches
sind chlorfrei und umweltschonend

Der Goldmann Verlag
ist ein Unternehmen der Verlagsgruppe Bertelsmann

Originalausgabe 10/95

Umschlaggestaltung: Design Team München
Umschlagmotiv: © Warner Bros.
Satz: Uhl + Massopust, Aalen
Druck: Presse-Druck Augsburg
Verlagsnummer: 43167
AB · Herstellung: Stefan Hansen
Made in Germany
ISBN 3-442-43167-0

3 5 7 9 10 8 6 4 2

Prolog

Die Welt dort oben war voller Sonnenschein. Schon als die Orcas aus der Tiefe aufstiegen und mit kraftvollen Flossenschlägen höher und höher glitten, sahen sie die strahlende Helligkeit über dem Ozean.

Das versetzte sie in eine heitere, geradezu übermütige Stimmung. Und nichts, aber auch gar nichts hinderte sie daran, ihre Freiheit in vollen Zügen auszukosten. Ihre Freiheit war so grenzenlos wie die Weite des Meeres.

An diesem sonnigen Morgen aber näherten sie sich der Küste. Die rauhen Linien des Landes, mit seinen Bergen und Wäldern, waren ihnen wohlvertraut. Noch verhüllten Dunstschleier die Küste, aber die Sonne hatte sich bereits über Berggipfel und Baumwipfel erhoben und schickte ihre immer stärker werdenden Strahlen auf das Meer hinaus.

Das Rudel der prachtvollen Schwertwale jagte der Wasseroberfläche entgegen. Die Tiere wußten, was sie dort sehen würden, wenn sie in die Luft emporschnellten. Sie genossen jenen Moment, in dem ihre tonnenschweren und dennoch wohlgeformten Körper spielerisch leicht über dem Wasser schwebten.

Denn es war der Moment, in dem sie das Glitzern sahen.

Es blendete ihre Augen.

Und gerade deshalb war es ein Spaß, den sie stundenlang auskosten konnten. Sie scherzten viel miteinander, sie neckten sich und trieben ihre ausgelassenen Spiele. Sobald ihre riesigen Leiber krachend ins Wasser eintauchten, freuten sie sich schon auf den nächsten Sprung und auf den neuen Anblick des Glitzerns.

Es lag auf dem Meer wie ein funkelnder Teppich.

Es berauschte die Sinne der empfindsamen Meeressäuger.

Es bescherte ihnen ein Glücksgefühl, das sie nur allzugern auskosteten. Denn sehr oft war diese Welt dort oben grau und wolkenverhangen. Und nicht immer verhielten sich die Menschenwesen, die jene Welt bevölkerten, so freundlich und sanftmütig, wie es die Orcas untereinander taten.

Nun aber, in der strahlenden Helligkeit dieses Morgens, gab es keinerlei Grund, den Überschwang der Gefühle zu dämpfen. Die Stimmung der Rudelmitglieder wurde immer ausgelassener. Mit machtvollen Schlägen ihrer Schwanzflossen trieben sie sich höher und höher hinaus ins Sonnengleißen des jungen Tages.

Das glatte Schwarz und das leuchtende Weiß ihrer Körper glänzten wie Lack. Die Sonne verstärkte den Glanz noch – gerade so, als sollte die Einzigartigkeit dieser faszinierenden Tiere hervorgehoben werden.

Sie überboten sich in ihren Sprüngen, und sie quiekten vor Vergnügen, wenn sie wieder einmal schmetternd in die dunkelgrünen Fluten eingetaucht waren.

Sie ließen sich in die rasch dunkler werdende Tiefe sinken. Dabei stimmten sie ein heiteres Durcheinander von Soprangesang und knarzenden und kekkernden Lauten an. Es war die Sprache ihrer Familie, die sie ihr Leben lang im Ozean begleitete. Der vertraute Klang ihrer Stimmen gab ihnen Geborgenheit. Und sie wußten, sie würden für immer zusammenbleiben.

Gemeinsam arbeiteten sie sich aus der Tiefe wieder in die Helligkeit empor, drehten sich im Sprung und landeten mal mit dem Bauch, mal mit der Seite und mal mit dem Rücken im Wasser. Gischtende Wasserwände stiegen dann beiderseits ihrer eintauchenden Körper auf, und in dem Schwall von Gischt brach sich das Sonnenlicht in allen Farben des Regenbogens.

Nichts, so schien es, konnte ihre Freiheit und ihr Zusammensein trüben. Doch es gab einen unter ihnen, der es besser wußte.

Er war größer, schwerer und stärker geworden seit jener Zeit. Die drei schwarzen Male auf seiner weißen Brust hatten sich jedoch nicht verändert. Und noch immer hafteten die traurigen Bilder der Gefangenschaft in seinem Gedächtnis. Aber es gab in dieser Erinnerung auch Bilder der Freude. Und Klänge verbanden sich mit diesen Bildern.

Die Stimmen jener Wesen, die außerhalb des Wassers lebten.

Der starke junge Orca hörte die eine Stimme noch heute.

Wie sie die Laute geformt hatte, wenn sie ihn rief.

Wil – ly! Wil – ly!

Willy, das war sein Name in der Menschenwelt. Er selbst konnte den Klang dieses Namens nicht nachahmen, aber die Laute blieben unauslöschlich in seiner Erinnerung haften.

Und niemals würde er seinen Freund vergessen.

Auch den Klang *seines* Namens bewahrte Willy im Gedächtnis. *Jesse.*

Jesses Seele war seiner eigenen verwandt und vertraut. Willy hatte das von Anfang an gespürt. Als sie sich zum ersten Mal begegnet waren, da war es wie selbstverständlich gewesen, daß sie sich gegenseitig halfen.

Jesse war von schwerem Kummer bedrückt gewesen, das hatte Willy sofort gemerkt. Also hatte er der betrübten Menschenseele neue Zuversicht gegeben, indem er alles tat, was Jesse verlangte. Und sogar die Fische, die sein kleiner Freund ihm brachte, hatte Willy gefressen.

Dabei war Willy zu jenem Zeitpunkt nicht weniger niedergeschlagen gewesen. Denn Jesses ausgewachsene Artgenossen hatten ihn seiner Freiheit beraubt und ihn in ein Wasserbecken gesperrt, das kleiner war als die kleinste Meeresbucht, in die Willy jemals vorgedrungen war.

Und was Jesse dann für ihn getan hatte, würde in der Welt der Orcas niemals vergessen werden.

Für alle Zeiten, noch nach Willys Tod, würden die Orcas von jener menschlichen Seele wissen, die einen der Ihren aus der Gefangenschaft befreite. Es würde ihre Art von Überlieferung sein, die dieses Wissen bewahren würde.

An diesem Sonnenmorgen in Sichtweite des Landes wußte Willy, daß er seinen Freund Jesse wiedersehen würde. Sehr bald schon.

Aber wie zeigte man einem Landbewohner seine Dankbarkeit dafür, daß man wieder in Freiheit leben durfte?

Nun, am besten wohl mit ein paar besonders hohen Luftsprüngen.

Nach stundenlangem, wildem Toben, als die Sonne schon beträchtlich höher gestiegen war, kamen Willy und die Mitglieder seiner Familie endlich wieder zur Ruhe. Es war eine majestätische Ruhe, mit der sie durch das Glitzern der Fluten glitten.

Willys Rückenflosse ragte inzwischen fast genauso hoch aus dem Wasser wie die seiner älteren männlichen Verwandten. Und ebenso wie es bei ihnen der Fall war, erzeugte sein mächtiger Körper jenen unvergleichlichen dumpfen Laut, wenn er aus der Wasseroberfläche hervorbrach.

Und dann, wenn Willy und die anderen ihre Atemluft ausstießen, war es, als stiegen die Fontänen kochender Geysire aus dem Meer. Die Fontänen aus Atem und Wasserperlen weiteten sich zu Dunstwolken über den erhaben dahingleitenden schwarzweißen Riesen.

Die eine Wand seines Zimmers war mit Schlagzeilen gepflastert. Jesse hatte die vielen Artikel fein säuberlich ausgeschnitten, auf bunte Pappe geklebt und diese kreuz und quer mit Stecknadeln an die Tapete gepinnt.

Willy der Wal – befreit!

Zwölfjähriger Junge
rettet zwölfjährigen Wal

Wunder wurde wahr: Wal Willy frei!

Willy sollte Opfer eines Versicherungs-
betrugs werden – da rettete ihn
sein Freund Jesse vor dem sicheren Tod

Orca Willy sollte betrügerischem Aquarium-
besitzer eine Million Dollar einbringen –
zwölfjähriger Junge vereitelt Versicherungs-
betrug und rettet dem Wal das Leben

Er kannte sie alle auswendig – jede Überschrift, jeden Artikel. Wenn er die Augen zumachte, konnte er sich jedes der Fotos genau vorstellen. Und er besaß Videokassetten von den Nachrichtensendungen, die damals über Willy und ihn berichtet hatten. Annie hatte die Kassetten für ihn besorgt; sie hatte einfach bei den Sendern angerufen, und prompt waren die Videos per Post ins Haus gekommen.

Die Morgensonne füllte Jesses Zimmer im Haus der Greenwoods mit heiterem Licht. Das große Poster, das einen Orca im Sprung zeigte, wurde von den Sonnenstrahlen wie von einem Spotlight ausgeleuchtet. Gerade so, als sollte Jesse noch einmal besonders auf Willy aufmerksam gemacht werden.

Der Orca auf dem Poster sah Willy sehr ähnlich. Nur fehlten ihm die drei schwarzen Flecken auf der Brust. Und es gab noch einen entscheidenden Unterschied:

Die Finne.

So wurde die Rückenflosse genannt. Jesse kannte längst sämtliche Fachausdrücke; er hatte alles, was er über Wale in die Finger kriegte, regelrecht verschlungen.

Die Finne des Orcas auf dem Poster ragte senkrecht empor, schätzungsweise zwei Meter hoch.

So war es bei männlichen Exemplaren der Gattung *Orcinus orca*. Die Rückenflossen der Weibchen waren wesentlich kleiner, meist nur halb so hoch. Doch der Punkt war, daß die Finne eines Orcas auf die Seite sank, sobald er in Gefangenschaft geriet. Nur in Freiheit richtete sich die Rückenflosse kraftvoll auf.

Wie mochte es jetzt bei Willy sein?

Würde er inzwischen wieder mit dem stolzen Symbol seiner Kraft die Meere durchpflügen?

Jesse war aufgeregt. O Mann, so aufgeregt war er nicht mal zu Weihnachten gewesen!

Schon um fünf war er aufgewacht, er hatte es

einfach nicht mehr im Bett aushalten können. Annie und Glen hatten ihren Augen nicht getraut, als sie in die Küche kamen und ihn sahen.

Richtig verblüfft waren sie gewesen. Nicht nur, weil ihnen der Duft aus der brodelnden Kaffeemaschine in die Nase stieg. Nein, es gab da noch ein paar andere außergewöhnliche Dinge, die sie *so* noch nicht zu sehen gekriegt hatten.

Brutzelnde Spiegeleier auf dem Herd. Weißbrot im Toaster. Buchweizenpfannkuchen mit Ahornsirup auf der Warmhalteplatte. Ein perfekt gedeckter Frühstückstisch.

Und die Krönung des Ganzen war er, Jesse, selbst.

Piekfein sah er aus, frisch gewaschen und in blitzsauberen Klamotten. Er hatte sich nicht mal bekleckert – weil er Annies Schürze benutzt hatte. Aber das wollte er ihr lieber nicht auf die Nase binden, und deshalb hatte er die Schürze rechtzeitig wieder weggehängt.

Denn um nichts in der Welt wollte er zugeben, daß Annie recht hatte. Wenn er ihr beim Kochen oder beim Abwaschen half, was ja selten genug vorkam, predigte sie dauernd, er solle sich doch was umbinden, wenigstens ein Handtuch, falls ihm eine Schürze zu weibisch sei.

Gegen so was sträubte er sich mit Händen und Füßen. Logisch. Aber etwas freiwillig zu tun war ja eine total andere Sache. Vor allem dann, wenn's keiner sah.

»Bitte zu Tisch, ihr Urlauber!« hatte er stolz gerufen, und Annie und Glen hatten den Mund nicht wieder zugekriegt.

Okay, die beiden hatten sich von ihrer Überraschung erholt. Zu dritt hatten sie das Frühstück genossen, wie sie in der zurückliegenden Zeit so vieles zu dritt getan hatten. Obwohl es Jesse immer noch widerstrebte, es vor sich selbst zuzugeben, waren sie doch eine richtige kleine Familie geworden.

Es ist nur vorübergehend, sagte seine innere Stimme stets dann, wenn ihm solche Gedanken kamen. *Es dauert nur so lange, bis Mom wieder da ist. Bis sie kommt, um dich abzuholen, zu sich nach Hause.*

Sie würde ihn nicht im Stich lassen. Himmel, nein, das würde sie niemals tun.

Dwight Mercer, dieser neunmalkluge Mister Sozialarbeiter, versuchte ja dauernd, ihm einzureden, daß seine Mom spurlos verschwunden sei und nichts mehr von ihrem Sohn wissen wolle. Alles Blödsinn! Jesse hatte an diese Storys nie geglaubt. Die Behörden strengten sich bloß nicht an, seine Mom zu finden. Und wie sollte sie denn wissen, wo er sich aufhielt, wenn niemand sie suchte, um es ihr zu sagen?

Aber heute, an diesem besonderen Tag, hatte er keinen Grund, über solche Sachen nachzudenken. Er wollte nicht undankbar sein. Und nach allem, was Annie und Glen für ihn getan hatten, wollte er auch nie wieder unfreundlich zu ihnen sein.

Denn eines stand fest: Ohne ihre Hilfe hätte er Willy niemals befreien können.

Und alles in allem hatten sie eine Menge Geduld mit ihm gehabt. Das hatte er längst eingesehen.

Das Besondere an diesem Tag war: Sie würden in Urlaub fahren. Zu dritt. Gemeinsam. Für Jesse war es ein Geschenk, das sie ihm machten. Aber es war auch ein Geschenk für Annie und Glen selbst. Die beiden hatten es sich weiß Gott verdient.

Nach dem großartigen Frühstück war die Aufbruchsstimmung in dem gemütlichen Einfamilienhaus der Greenwoods nicht mehr aufzuhalten. Da Glen den Wagen schon am Abend vorher startklar gemacht hatte, half er Annie nun, die letzten Sachen zusammenzupacken.

Jesse hatte abgewaschen, die Küche aufgeräumt und sich dann in sein Zimmer verzogen. Das wichtigste von allem war sein Walkman, und dann folgte die schwierige Entscheidung, welche Kassetten er mitnehmen sollte. Am liebsten hätte er alle eingepackt, aber da würden Annie und Glen nicht mitspielen, denn dann brauchte er einen extra Koffer.

Ein Sonnenstrahl kitzelte seine Nase, als er sich über die Kiste mit den Kassetten beugte. Er blinzelte und hob den Kopf, um nicht mehr geblendet zu werden. Da fiel sein Blick auf eines der Illustriertenfotos an der Wand. Es zeigte ihn im Garten seines neuen Zuhauses. Hinter ihm sah man das zweigeschossige Haus mit Vordach und Veranda und ein bißchen von der hügeligen Wohngegend mit ihrem vielen Grün. Die Illustrierte wollte damit zeigen, daß er, Jesse, aus guten Verhältnissen kam. Annie, die eigentlich Lehrerin war, hatte es ihm erklärt. Weil sie eine neue Karriere als Journalistin angefangen hatte, wußte sie über solche Sachen Bescheid. Das Bild war gleich nach der Befreiung Willys aufgenommen worden.

Was für ein kleines Kerlchen du damals noch warst! dachte er. *Und auf der Straße warst du trotzdem der King, die Nummer eins. Vor dir hatten sie alle Respekt. Heute dagegen …*

Mit der Straße hatte er nichts mehr im Sinn, wenn er ehrlich war. Jedenfalls wollte er nie wieder in der Gosse leben, wie damals, nachdem er mit den anderen aus dem Heim abgehauen war. Das war alles in weite Ferne gerückt. Wenn er jemals wieder was auf eigene Faust unternehmen sollte, dann würde es irgendwie Hand und Fuß haben. Auf jeden Fall würde er dann nicht noch mal im Dreck kampieren.

Du lieber Himmel!

Er erschrak über sich selbst, wie er so auf der Bettkante hockte und in den Kassetten wühlte.

War er etwa schon verweichlicht? Hatte ihn das gute Leben zum Schlappschwanz gemacht?

Er klemmte sich den Walkman an den Hosengürtel, stülpte die Kopfhörer über und trabte ins Bad. Dort stützte er sich mit den Händen auf das Waschbecken und starrte sein Spiegelbild an.

Okay, er hatte sich geirrt.

Was heute war, konnte man nicht mit damals vergleichen. Heute lebte er eben in einer total anderen Welt, und in der mußte er auch für sich selbst andere Maßstäbe anwenden als auf der Straße.

Er fühlte sich nicht nur so, er sah auch schon ganz schön erwachsen aus. Okay, in seiner jetzigen Welt konnte man so was mit vierzehn noch nicht laut sagen, ohne daß die richtigen Erwachsenen in schallendes Gelächter ausbrachen oder mitleidig lächelten. Aber er war ja nicht nur äußerlich reifer geworden. Seine Einstellung zum Leben war ganz schön vernünftig geworden. Und das hatte entscheidend mit seinen Erfahrungen im Northwest Vergnügungspark zu tun – und mit allem, was danach gekommen war.

Hatte er etwa ein *neues* Leben angefangen?

So, wie es in diesen Schmachtstorys im Fernsehen vorkam?

Quatsch! knurrte seine innere Stimme, die Stimme des Straßen-Jesse. *Du doch nicht, Jesse!*

Aber da meldete sich eine andere Stimme zu Wort; sie war in der letzten Zeit immer kräftiger und forscher geworden. Es war die Stimme des neuen Jesse, des »Familien-Jesse«:

Hör zu, Alter, dein neues Leben gibt es wirklich. Weil nämlich ein paar wesentliche Dinge passiert sind, und an denen kommst du einfach nicht vorbei!

Hm.

Er runzelte die Stirn und versuchte, sein Spiegelbild zu erforschen. Aber eigentlich sah man ihm nur an, daß er größer und älter geworden war. Daß er vergeblich versuchte, seine zwiespältigen Empfindungen unter einen Hut zu bringen, stand nicht in sein Gesicht geschrieben.

Oder etwa doch?

Nun, es konnte schon sein, daß Annie und Glen ihn durchschauten. Vielleicht machten sie auch deshalb Urlaub mit ihm. Innerlich sträubte er sich längst nicht mehr dagegen, daß sie ihm halfen, wo sie nur konnten. Früher, in seiner Anfangszeit bei ihnen, hatte ihn diese dauernde Hilfsbereitschaft fürchterlich genervt.

Vergangenheit.

In der Tat, die besagten wesentlichen Dinge waren nun mal passiert.

Punkt eins: Er hatte eine richtig gute Tat getan, als er Willy befreite, gemeinsam mit Rae und Randolph und natürlich auch Annie und Glen.

Punkt zwei: Er hatte eine Familie und ein Zuhause. Wobei das Zuhause zur gehobenen Mittelklasse gehörte. Mindestens.

Punkt drei: Er ging regelmäßig zur Schule, und das tollste daran war, daß das Lernen ihm auch noch Spaß machte. Hätte ihm Perry oder einer der anderen von der Straße das damals prophezeit, er hätte den Betreffenden für total bescheuert erklärt.

Tja, es war schon eine verrückte Sache mit der Vergangenheit.

Und was das Lernen betraf, so erlebte er tagtäglich, daß man richtig wild darauf sein konnte. Seit er bei den Greenwoods war, ging das so. Es machte irrsinnigen Spaß, sich Wissen reinzuziehen – mehr zu wissen als andere, besser zu sein als andere und die Welt verstehen zu lernen.

Am meisten Spaß hatte es Jesse logischerweise gemacht, sich mit Wissen über die Wale vollzustopfen.

Wenn man einen Freund hatte, wollte man doch möglichst alles über ihn erfahren.

Und wer hatte schon einen Freund wie Willy?

Einen Wal!

Gleich nach Willys Befreiung hatte Jesse damit angefangen, all die Bücher und Fachzeitschriften zu studieren und sich die Videos der National Geographic Society wohl hundertmal anzusehen. Mittlerweile war er in der Lage, einen mehrstündigen Vortrag über Wale zu halten. In der Schule hatte er mit Referaten und schriftlichen Ausarbeitungen über Wale jede Menge Punkte gesammelt.

Wenn er erzählte, kamen seine Mitschüler aus dem Staunen nicht mehr heraus. Weil sie überhaupt keine Ahnung hatten.

Das fing schon damit an, daß es doch tatsächlich welche gab, die das Wort »Walfisch« gebrauchten.

In solchen Momenten mußte er sich dann immer zwingen, ganz ruhig zu bleiben und so sachlich wie möglich zu erklären:

Ein Wal ist kein Fisch, sondern ein Meeressäugetier! Äußerlich unterscheidet sich so ein Meeressäuger schon durch seine waagerechte Schwanzflosse, die Fluke, von den Fischen.

Und es ging damit weiter, daß sie nicht mal den Unterschied zwischen den beiden Arten von Walen kannten, den Bartenwalen und den Zahnwalen.

Barten haben nichts mit einem Bart zu tun, pflegte Jesse den Unwissenden zu erläutern. *Barten sind Hornplättchen, die im Maul des Wals eine regelrechte Bürste bilden. Und damit siebt sich der Bursche ganze Schwärme von Fischen rein. Größter aller Wale ist übrigens der Blauwal, ein Bartenwal.*

Bei den Zahnwalen vergaß Jesse natürlich nicht, die größenmäßige Nummer eins dieser Gattung zu erwähnen, den Pottwal. Und er klärte seine staunenden Zuhörer auf: *Zahnwale haben – wie der Name schon sagt – Zähne im Maul. Damit schnappen sie ihre Beute entweder einzeln, oder sie zerlegen sie in Stücke, um sie herunterzuschlucken. Zu den Zahnwalen gehört auch die Familie der Delphine – und der größte aller Delphine ist – na, wer kann es sich denken? Wer weiß es?*

Und wenn er noch so angestrengt in die Runde blickte und dabei tat wie ein Schulmeister – nie wußte einer die Antwort.

Willy! rief Jesse dann. *Der Orca ist ein Zahnwal oder Schwertwal – und der größte Delphin!*

Die meisten flippten dann endgültig aus, wenn sie hörten, daß man die Brustflossen eines Orcas »Flipper« nannte.

Und plötzlich fiel es ihnen ein:

Da gab es doch diese angestaubte Fernsehserie, die manchmal wiederholt wurde. Flipper! Der Delphin, den sie den Freund aller Kinder nannten!

Richtig! lobte Jesse seine Zuhörer. *Den guten alten Kinderfreund haben sie Flipper genannt, weil er mit seinen Brustflossen klatschen konnte.*

Ob Willy das auch könnte, wollten sie dann wissen. Jesse winkte bei solchen Fragen nur lässig ab und drückte damit aus, daß so was für einen Orca eine Kleinigkeit sei.

Jesse erzählte lieber von den wichtigeren Dingen, die man über seine Lieblingstiere, die Orcas, wissen mußte.

Zum Beispiel die Sache mit dem Atemloch. Auch in den großen Aquarien konnten die Kids ja das Schauspiel beobachten, wenn ein Orca ausatmete. Daß sich dann so eine Art Nebelwolke bildete, war ganz leicht zu erklären. Die ausgeatmete Luft stand unter hohem Druck und entspannte sich, sobald sie aus dem Körper des Wals heraus war. Der Wasserdampf darin kondensierte, und dadurch entstand der Nebel.

Dann war da noch die Sache mit den Daten und Fakten. Es beeindruckte jeden, zu hören, daß der Meeressäuger *Orcinus orca* vierzig bis achtundvierzig spitze Zähne im Maul hatte und deshalb zur Delphin-Familie gehörte. Die Orca-Weibchen wurden Kühe genannt; bis zu sieben Meter lang und vier Tonnen schwer wurden sie. Die Männchen – Bullen genannt – erreichten das doppelte Gewicht und eine Länge von bis zu zehn Metern.

Und, so pflegte Jesse stolz hinzuzufügen, *Willys Artgenossen sind in allen Weltmeeren zu Hause. Es gibt sie überall. Nur, wenn man sie in freier Wildbahn sehen will, muß man sich ganz schön anstrengen.*

Nun, seine persönlichen Chancen standen nicht schlecht. Am Urlaubsziel der Familie Greenwood, deren Mitglied er ja nun war, gab es ein paar Super-Fachleute, was das Beobachten von Walen betraf.

Wäre da nicht die Aussicht gewesen, Willy wiederzusehen oder wenigstens seine Verwandten zu beobachten, hätte Jesse sich auf diesen Urlaub wahrscheinlich nicht besonders gefreut. Schon möglich, daß er sich sogar dagegen gesträubt hätte.

Denn er hätte ja die Zeit besser nutzen können, indem er seine Mom suchte. Seinen Plan hatte er noch lange nicht aufgegeben: Eines Tages würde er aufbrechen und selbst Nachforschungen anstellen.

Dwight Mercer glaubte er einfach nicht mehr. Dieses ständige blöde Gerede war ja nicht mehr auszuhalten. *Deine Mutter ist nicht zu finden, Jesse, und wahrscheinlich will sie auch gar nicht gefunden werden.*

Kein Wort stimmte davon. Wahrscheinlich steckte das Schlitzohr Dwight mit den Greenwoods unter einer Decke. Annie und Glen wollten ihn, Jesse, nicht wieder hergeben. Also hatten sie Dwight bestochen oder so was ähnliches.

Was die Greenwoods bloß an ihm fanden?

Jesse musterte sein Spiegelbild intensiver.

Was würde seine Mom sagen, wenn er ihr plötzlich gegenüberstand? Sie hatte ihn ja zuletzt als Winzling gesehen. Und jetzt...

Hm, na ja, sogar die etwas älteren Girls in der

Schule wurden schon auf ihn aufmerksam. In Discos war er ja auch schon ein paarmal gewesen. Da hatte es richtige Flirterei gegeben, mit tiefen Blicken und so.

Vielleicht sah er älter aus, als er war. Oder sah er etwa *gut* aus? Wie ein Filmstar? Was ging in den Mädchen vor, wenn sie ihn anstarrten? Er mußte sich selbst eingestehen, daß er über so was noch nie nachgedacht hatte.

Doch genaugenommen war das alles Kinderkram, verglichen mit seiner Zeit auf der Straße. Da hatte er genug Girls kennengelernt, die zu allem bereit gewesen waren.

Aber im normalen Leben war das anders, da respektierte man ein Mädchen. Man konnte gar nicht früh genug lernen, ein Gentleman zu werden. Der Spruch stammte von Annie. *Verdammt, sie durchschaut einen wirklich,* dachte Jesse und grinste sich im Spiegel an.

1. Kapitel

»Jesse, komm, beeil dich! Sonst verpassen wir die Fähre!«

Annies helle Stimme ließ Jesse zusammenzucken. Rasch griff er zu Zahnbürste und Kamm und schaltete den Walkman ein. Um nichts in der Welt wollte er dabei ertappt werden, wie er sich selbst im Spiegel bewunderte.

Und am allerwenigsten sollte Annie ihn dabei ertappen – sie, die ihn nicht nur durchschaute, sondern manchmal sogar seine Gedanken lesen konnte. Davon war er jedenfalls überzeugt.

Also täuschte er übereifriges Tun vor, als er aus der offenen Badezimmertür lugte. Mit der einen Hand putzte er sich die Zähne, mit der anderen kämmte er sich, und gleichzeitig war rhythmisches Scheppern aus dem Kopfhörer zu vernehmen.

Annie hatte ihr langes blondes Haar hochgesteckt. Sie trug Jeans und Reeboks und ein hellblaues Sweatshirt. Zielstrebig durchquerte sie das Zimmer und packte einen Stapel frische Unterwäsche in Jesses Rucksack, der auf dem Bett lag. Sie war so schön und so sportlich wie immer, und heute wirkte sie zusätzlich unternehmungslustig und energiegeladen.

»Nun mach schon!« drängte sie, zwinkerte ihm zu, und während sie schon wieder hinauseilte, rief sie: »Trödle jetzt bloß nicht herum!«

Jesse lachte, tanzte in den Raum hinein, drehte sich ein paarmal um die eigene Achse und schlug einen imaginären Gitarrenakkord an, indem er die Zahnbürste als Gitarre und den Kamm als Plektrum benutzte.

Die Zimmertür war zugefallen, und Annie gab anscheinend Ruhe. Jesse verstaute Zahnbürste und Kamm und schaltete den Walkman aus. Vor der Kassettenkiste überlegte er kurz und griff sich dann eine große Handvoll Kassetten.

Es war schwer, sich für nur einige davon zu entscheiden. Aber der Rucksack war schon so gut wie voll. Jesse stopfte die wenigen Lieblingskassetten hinein. Zögernd betrachtete er, was Annie gebracht hatte.

Er überlegte nicht länger, zupfte die Unterwäsche heraus, warf sie auf das Bett – und packte sämtliche Kassetten in den Rucksack.

Draußen ertönte die Hupe des Kombi. Glen wurde offenbar ungeduldig.

Jesse schüttelte verständnislos den Kopf, während er sich den Rucksack und den kleinen Koffer schnappte. Diese Erwachsenen! Immer mußten sie überpünktlich sein. Am liebsten waren sie immer eine Viertelstunde früher da, wenn sie irgendwo einen Termin hatten. Annie und Glen ergänzten sich in der Beziehung prächtig.

»Nun komm, wir müssen los!« rief Annie aus dem Erdgeschoß.

Jesse lief polternd die Treppe hinunter. Annie stand schon mit den Hausschlüsseln da, hatte ihre leinenfarbene Wetterjacke übergestreift. Richtig sportlich sah sie aus, noch unternehmungslustiger als vorhin, im Haus. Auf eine solche Mom konnte man stolz sein.

Ersatz-Mom, verbesserte Jesse sich in Gedanken. Doch während er das dachte, kam er sich ein bißchen schäbig vor. Annie ein Ersatz? O Mann, so was durfte er nie laut sagen. Weil das einfach unfair gewesen wäre.

Sie wartete, bis er draußen war.

Ihrem prüfenden Blick hielt sein Outfit ohne weiteres stand. Die flauschige grüne Jacke, das karierte Hemd, die Jeans und die sportlichen Boots – alles zusammen war ziemlich genau das, was Annie sich unter der Kleidung eines ordentlichen Jungen vorstellte.

Sie wollte die Tür ins Schloß ziehen und abschließen, als drinnen das Telefon klingelte.

Jesse ließ sich nicht aufhalten. Er rannte die Einfahrt entlang, auf den Wagen zu. Als er seine Sachen hinten in den Kofferraum warf, beschloß Annie, doch noch rasch ans Telefon zu gehen. Mit einem Winken gab sie Glen zu verstehen, daß sie so schnell wie möglich wieder zurück sein werde.

Jesse stieg auf die hintere Sitzbank des metallicgrauen 626 und bemerkte, daß Glen nervös mit den

Fingern auf dem Lenkrad herumtrommelte. Ungeduldig spähte er zum Haus, preßte die Lippen zusammen und konnte es sich nicht verkneifen, abermals zu hupen.

Ausgerechnet Annie, die die ganze Zeit für Tempo gesorgt hatte, war jetzt die letzte. Auch Glen hatte es sich ja gefallen lassen müssen, auf Trab gebracht zu werden. Und dafür wollte er sich jetzt wohl ein bißchen revanchieren.

Solche Kleinigkeiten waren bei den Greenwoods aber völlig harmlos. Jesse unterdrückte ein Lächeln, machte es sich auf der Sitzbank gemütlich und schaltete den Walkman auf Wiedergabe. In seiner Zeit auf der Straße hatte er von anderen Kids viel darüber erfahren, wie es bei denen in den Familien ausgesehen hatte.

Kaputt war gar kein Ausdruck.

Jesse hatte die tollsten Sachen gehört, darüber, was Eltern so alles anstellten. Manche gifteten sich bei jeder Kleinigkeit an. Andere prügelten aufeinander los, daß die Fetzen flogen. Und die meisten dieser kaputten Moms und Dads schütteten sich so mit Alkohol zu, daß sie nur noch als lallende Trottel durch die Gegend wankten. Von denen, die sich Koks oder Heroin reinzogen, ganz zu schweigen.

Jesse hatte solche Sachen natürlich nie am eigenen Leib zu spüren gekriegt. Er war sehr klein gewesen, als seine Mom noch mit seinem Dad zusammengelebt hatte. Aber damals war alles in Ordnung gewesen. Erst nach und nach hatte sich sein Vater als

Mistkerl entpuppt, hatte seine Mom sitzenlassen. Tja, und dann war ihr schließlich nichts anderes mehr übriggeblieben, als ihn, Jesse, bei der Sozialfürsorge abzuliefern.

Er verscheuchte die Gedanken aus seinem Kopf.

Es war ein sonniger Tag, ein Morgen, an dem man sich stark fühlte. Die hügelige Wohngegend wirkte wie das Paradies auf Erden. Es waren nicht die superreichen Leute, die hier lebten, aber genug Geld hatten sie alle. Und als Inhaber von »Greenwood Auto Repair«, einer gutgehenden Reparaturwerkstatt, war Glen ein angesehener Mann.

Annie trat aus der Haustür, beeilte sich mit dem Abschließen und lief mit langen Schritten. Glen hatte den Motor bereits angelassen, und er fuhr sofort los, nachdem Annie sich auf den Beifahrersitz geschwungen hatte.

Jesse ließ die Wohngebiete an sich vorbeifliegen; er versenkte sich in den Sound aus den schaumgummigepolsterten Kopfhörern. Annies Urlaubsstimmung schien auf einmal verflogen, so ernst wirkte ihr Gesichtsausdruck. Doch der Eindruck trog wohl, denn sie beugte sich geschäftig über die Prospekte und Landkarten.

Glen konzentrierte sich ganz auf den Verkehr, während er die kürzeste Fahrtroute zum Interstate Highway 5 nahm. Dann, als sie die Einbiegespur hinter sich gelassen hatten, warf er Annie einen Seitenblick zu.

»Wer war am Telefon?« fragte er.

»Niemand«, antwortete Annie einsilbig. Sie wandte nicht einmal den Kopf.

»Ich hab's geahnt!« stöhnte Glen und verdrehte die Augen. »Das war die Werkstatt, stimmt's? Da ist irgendwas schiefgelaufen, stimmt's? Ich hab' doch gewußt, daß ich keinen Urlaub machen darf!«

Annie wandte sich ihm nun doch zu, und sie lächelte mild. »Nein, es war nicht die Werkstatt. Hör auf, dir Sorgen zu machen. Ich erzähl's dir später.«

Glen atmete schnaufend aus und nickte.

Die Stadt blieb hinter ihnen zurück. Zur Rechten erhoben sich die Gipfel und Höhenzüge der Cascade Range. Doch Jesse interessierte sich mehr für die andere Seite des Highways. Dort, nach Westen hin, erstreckte sich der nördliche Teil des Puget-Sound mit seinen vielen Inseln. Und noch weiter westlich, hinter morgendlichem Dunst verborgen, befand sich die Juan-de-Fuca-Straße. Das war die Meerenge zwischen der riesigen Insel Vancouver Island, die zu Kanada gehörte, und dem nordwestlichsten Teil des Staates Washington mit dem Bergmassiv der Olympic Peninsula.

Zwei Meerengen verbanden den Puget Sound mit dem Pazifischen Ozean: die Juan-de-Fuca-Straße, zwischen der Südküste von Vancouver Island und der Nordküste von Olympic Peninsula, und die Georgia-Straße, zwischen Vancouver Island und dem Festland von British Columbia.

Vielleicht war Willy jetzt schon irgendwo dort draußen. Oder ganz in der Nähe. Vor allem die

Küstengewässer der Olympic-Halbinsel waren das bevorzugte Jagdrevier der Orcas.

Viele der Inseln im Puget Sound waren altes Indianerland, und an der Küste und im nahen Bergland gab es Reservate der verschiedenen Indianerstämme.

Randolph Ketchikan Johnson, Jesses Freund aus dem Northwest Vergnügungspark, gehörte dem Stamm der Haida an. Und Randolph wußte aus den alten Überlieferungen seiner Vorfahren eine Menge über das Verhalten der Wale.

Skaana.

Das Haida-Wort für »Wal« hallte aus Jesses Erinnerung herauf, während er gedankenverloren durch das Seitenfenster des Wagens blickte. Die Haida-Legende über die Entstehung der Orcas kannte Jesse in- und auswendig. Es war die Sage von dem Indianer Natsalane, der sich an der Küste verirrt hatte und nichts weiter fand als einen riesigen Baumstamm. Aus dem Baumstamm hatte Natsalane ein gewaltiges Tier geschnitzt, und das hatte ihn zurück zum Meer getragen wie ein Vogel. Ein Gebet, das Natsalane aus einer Eingebung heraus gesprochen hatte, sollte den Zauber bewirkt haben – damals, vor Hunderten von Jahren.

Salanaa Eiyung Ayesis.

Jesse wußte, er würde dieses Gebet niemals vergessen. Denn wie in der Legende von Natsalane hatte es auch ihm geholfen, Willy die Rückkehr zum Meer zu ermöglichen – die endgültige Freiheit.

Er nahm den Kopfhörer ab, und einen Moment später riß ihn Annies aufgeregte Stimme in die Wirklichkeit zurück.

»Wir haben noch zehn Minuten!« rief sie voller Besorgnis. »Kriegen wir die Fähre noch?«

»Wir schaffen es schon«, antwortete Glen mit einem beruhigenden Nicken.

Annies Aufregung wollte sich nicht legen. »Hast du das Fernglas eingepackt?« fragte sie nach.

»Hab' ich.« Glen nickte, ohne den Blick von der Fahrbahn zu wenden. Er war die Ruhe selbst.

»Und das Insektenspray?«

»Eingepackt«, bestätigte Glen mechanisch.

Annie drehte sich nach hinten um. »Und wie sieht's mit der Unterwäsche aus?« fragte sie. »Hast du die Sachen, die ich dir eingepackt hab'?«

»Mhm«, brummte Jesse und nickte gedankenverloren. In Wirklichkeit konnte er sich nicht einmal genau erinnern. Wichtig war, daß er die Kassetten eingepackt hatte. Aber Unterwäsche? Ausgerechnet Unterwäsche?

»Weißt du, Jesse«, lachte Glen, »Mütter haben einen Unterwäsche-Tick. Die sind ganz verrückt danach, ihre Männer und Söhne damit zu versorgen!«

Jesse stimmte in Glens Lachen ein, doch gleich darauf verging es ihm. Denn Annie griff wortlos in ihre Tasche und nahm ein weiches Päckchen heraus. Betont lässig warf sie es nach hinten. Jesse fing es notgedrungen auf, und er lief rot an, als er es wiedererkannte.

Es war die Unterwäsche, die er wieder aus dem Rucksack gezupft hatte.

»Würdest du so freundlich sein, die zu Nirvana zu packen?« sagte sie zwinkernd. »Dann wäre ich schon zufrieden.«

»Nirvana!« Jesse erholte sich von seinem Schock. »Die sind doch grunge, Annie – grunge!« Einen Moment lang sahen sie sich an, und Jesse war sicher, daß sie vor ihrem geistigen Auge in diesem Moment die Szene sah, wie er auf dem Bett hockte, den Rucksack vom Ballast befreite und ihn mit seinen wertvollen Audiokassetten vollstopfte.

Es gab eben nichts, was man vor Annie hätte verbergen können.

Als sie schließlich lächelte, erwiderte er es erleichtert.

»Wird gemacht!« sagte er folgsam, indem er das Unterwäsche-Päckchen wie etwas besonders Kostbares zwischen beiden Handflächen hielt.

Annie wandte sich nach vorn und wechselte einen Blick mit Glen. In ihrem Lächeln lag der ganze Stolz, den sie gemeinsam hegten. Es war der Stolz auf ihre kleine Familie und auf den Sohn, den sie für sich gewonnen hatten. Es war nicht leicht gewesen, Jesses Mißtrauen zu überwinden. Zu viele schlechte Erfahrungen lagen hinter ihm.

Sie hatten unendlich viel Geduld mit ihm gehabt. Und dann, als Glen und Annie ihm bei der Befreiung Willys geholfen hatten, war das Eis endgültig gebrochen.

Von dem Zeitpunkt an war er wirklich sicher, daß sie es ehrlich mit ihm meinten.

Als sie den Scheitelpunkt einer Anhöhe erreichten, war in der Ferne, an der Küste, der Fähranleger zu sehen. Im Sommer herrschte an der Skagit Bucht Hochbetrieb; im Winter dagegen gab es keine fahrplanmäßigen Fähren zu den zahlreichen Inseln.

»Ist das nicht aufregend?« freute sich Annie über den Ausblick. »Seid ihr aufgeregt?«

»Sag lieber ja, Jesse«, empfahl Glen. »Sonst ist sie enttäuscht.«

»Oh, ich bin vielleicht aufgeregt!« sagte Jesse todernst.

»Gut«, lächelte Annie. »Wir werden einen tollen Urlaub haben.« Sie sah Glen an. »Den hast du nämlich verdient.«

»Ich?« staunte Glen. »*Ich* hab' ihn verdient?«

»Natürlich! Wir haben seit über drei Jahren keinen Urlaub mehr gemacht.« Annie zwinkerte verschmitzt. »Und jetzt sprich mir bitte nach, und zwar mit Überzeugung: ›Ich habe diesen Urlaub verdient.‹«

Glen hob kaum merklich den Kopf, und durch den Innenspiegel sah er Jesse mit einem verschwörerischen Lächeln an. Jesse erwiderte das Lächeln.

»Verdienen wir diesen Urlaub?« fragte Glen.

»Ich auf jeden Fall«, antwortete Jesse prompt und ohne mit der Wimper zu zucken. »Letzten Endes werden wir vielleicht Willy wiedersehen. Und wir werden uns mit Randolph treffen, stimmt's?«

»Stimmt«, bestätigte Glen.

2. *Kapitel*

Jetzt war er tatsächlich aufgeregt.

Jesse beugte sich gespannt vor, legte die Arme auf die Rückenlehnen der Vordersitze und spähte zwischen Glens und Annies Schultern hindurch.

In den Laderaum des Fährschiffs zu rangieren, bedeutete für die Autofahrer Millimeterarbeit. Für Glen war das natürlich kein Problem, aber etliche andere hatten doch Schwierigkeiten, den Anweisungen des Deckspersonals Folge zu leisten.

Stoßstange an Stoßstange, wie die Sardinen, wurden die Autos in den Laderaum gequetscht.

Jesse beobachtete aufmerksam, was sich abspielte. In den Bauch des Schiffes zu fahren, war schon eine Wahnsinns-Sache. Dieser Riesen-Kahn schwankte nicht einmal, während er immer mehr fahrbare Untersätze schluckte. Im Licht der Leuchtstoffröhren wirkte der Laderaum wie eine riesige Halle.

Ketten klirrten; Luken und Schotts, die geschlossen wurden, verursachten hart krachende Schläge. Mit den Ketten wurden die größeren Fahrzeuge festgezurrt, Wohnmobile und Lieferwagen vor allem. Mittschiffs teilten weißlackierte Stahlwände den Laderaum. Hinter den weißen Wänden befanden sich die Niedergänge zu den oberen Decks.

Jesse war stolz auf sein Wissen. Treppen nannte man an Bord eines Schiffes nicht Treppe, sondern Niedergang.

Nacheinander verstummten die Motoren der Autos. Sowohl die Bug- als auch die Heckklappe der Fähre waren geöffnet, damit die Abgase rasch abziehen konnten. Auch Glen drehte den Zündschlüssel herum, und sie stiegen aus. Überall zwängten sich die Leute durch die engen Zwischenräume zwischen den Fahrzeugen.

Durch eines der Schotts erreichten Glen, Annie und Jesse die Niedergänge, die sich genau dort befanden, wo Jesse sie vermutet hatte.

Sie stiegen hinauf bis zum oberen Aussichtsdeck, wo sich schon eine Menge Passagiere versammelt hatten. Die Urlaubsstimmung, in der sich alle befanden, war hier in geballter Form zu spüren.

Und der Ausblick war atemberaubend.

Am Horizont, nach Westen hin, verwandelte die Sonne das Wasser in ein einziges Glitzern. Im Vordergrund bildeten die Inseln immergrüne Tupfer in den stahlblauen Fluten. Die von ewigem Schnee bedeckten Gipfel der Berge leuchteten landeinwärts, standen wie majestätische Monumente unter dem azurblauen Himmel, der sich über ihnen wölbte.

Weiße Dreiecke von Segelbooten standen weitverteilt auf dem Wasser der Meerenge. Und hinter jedem Fischerboot flatterte ein Möwenschwarm. Von Zeit zu Zeit stießen die scharfäugigen Vögel hinab, um zu packen, was vom Fang der Menschen für sie abfiel.

Das Aussichtsdeck füllte sich mit immer mehr Passagieren, und bald waren die Geräusche der sich schließenden Bug- und Heckklappen zu hören. Ein Vibrieren ging durch den Schiffsleib, als die Maschinen verhaltene Kraft entfalteten.

Jesse beugte sich über die Reling, um zu beobachten, wie Männer die Leinen losmachten und den Decksleuten zuwarfen. Kaum merklich setzte sich das Schiff in Bewegung, und bald darauf, als es nach dem behutsamen Ablegemanöver offenes Fahrwasser erreichte, wurde die Drehzahl der Maschinen erhöht.

Gemeinsam mit Annie und Glen schlenderte Jesse auf dem Aussichtsdeck umher. Einfach alles, was es zu sehen gab, war so beeindruckend, daß es ihnen regelrecht die Sprache verschlug. Sie wechselten kaum ein Wort, sogen nur das Gesehene buchstäblich in sich auf.

Die Schönheit der Natur war einfach überwältigend.

Die Inseln in der Nähe des Fährkurses zeigten sich mit ihrer üppigen Vegetation, während die weiter entfernt gelegenen sich mit geheimnisvollen Dunstschleiern zu verhüllen schienen. Das stählern aussehende Wasser zwischen den Inseln mußte noch viel größere Geheimnisse bergen.

Und Willy?

War er irgendwo dort?

Jesse konnte es kaum erwarten, Randolph zu treffen. Randolph hatte großes Glück gehabt, hatte hier draußen einen neuen Job gefunden. Nachdem die verbrecherischen Eigentümer des Northwest Vergnügungsparks das Aquarium selbst zerstört hatten, war ihr versuchter Versicherungsbetrug aufgeflogen. Der Park würde nie wieder eröffnet werden. Die Instandsetzungskosten wären einfach zu hoch.

Rae Lindley, die Seelöwen-Trainerin des Vergnügungsparks, setzte inzwischen ihr Studium fort. Den Job im Aquarium hatte sie ja ohnehin nur für die Semesterferien übernommen. Und mit Sicherheit würde sie inzwischen schon einen Ersatz gefunden haben.

Endlich näherte sich die Fähre dem kleinen Hafen von Skagit Island.

Die Stadt Skagit Harbor sah aus, als stammte sie aus einem fünfzig Jahre alten Film – verträumt und wie schutzsuchend in die Hügellandschaft gebettet. Der Hafen lag gut geschützt in einer Bucht. Die Main Street wurde von Gebäuden aus der Zeit der Jahrhundertwende gesäumt. Prächtige Häuser im viktorianischen Stil erhoben sich auf den Hügeln der Umgebung.

Rechtzeitig, bevor das Schiff festmachte, saßen die Greenwoods und alle anderen Passagiere wieder in ihren Autos. Dann, als das Bugvisier hochgeschwenkt und die Ausfahrtrampe freigegeben war, rollten die Wagen in rascher Folge an Land.

Wie lackglänzende Wesen, die froh waren über die wiedergewonnene Freiheit, beschleunigten die Autos zügig, sobald sie die Rampe hinter sich gelassen hatten. Über das an den Fähranleger grenzende

Gelände erreichten sie rasch die Hauptstraße von Skagit Harbor.

Jesse hatte sich nach hinten gewandt, hing mit angewinkelten Armen über der Rückenlehne. Aufmerksam beobachtete er die am Fahrbahnrand parkenden Autos.

Plötzlich winkte und schrie er aufgeregt.

»Da ist er! Da ist er!«

Glen erblickte ihn im selben Moment im Rückspiegel.

Randolph lehnte am vorderen linken Kotflügel eines grünen Chevrolet Pickup.

Der hochgewachsene Indianer bemerkte den Wagen der Greenwoods nicht sofort, denn es herrschte Hochbetrieb auf der Hauptstraße, wie immer, wenn eine Fähre im Hafen eintraf.

Randolph hatte sich nicht verändert. Sein langes schwarzes Haar war im Nacken zum Zopf gebunden, wie immer. Er trug ein kariertes Hemd und eine braune Lederweste. Sein bronzefarbenes Gesicht war wie gemeißelt, und seine scharfen Augen erfaßten jedes Detail auf der belebten Straße.

Er sah den Kombi in dem Augenblick, in dem Glen auf die Bremse trat. Randolphs Miene erhellte sich augenblicklich. Er strahlte vor Freude, winkte und sah nun auch Jesse hinten im Wagen.

Glen brachte den Kombi an der Bordsteinkante zum Stehen. Mit einem Freudenschrei stieß Jesse die Tür auf, und schon war er draußen. Er rannte auf Randolph zu, und nachdem sie sich die Hände geschüttelt hatten, schlossen sich der große Mann und der Junge lachend in die Arme.

Dann ergriff Randolph seinen jungen Freund bei den Schultern und hielt ihn ein Stück von sich weg, um ihn anzuschauen.

»Menschenskind, Jesse!« staunte Randolph. »Nun sieh mal einer an! Du mußt ja mindestens sechs Inches gewachsen sein!«

»Viereinhalb«, korrigierte Jesse mit einem verschmitzt-verlegenen Lächeln.

»Wie ist es dir ergangen?« erkundigte sich Randolph freudestrahlend. »Wie geht's dir? Komm, du kannst mit mir zum Campingplatz rausfahren!«

Er legte den Arm um Jesses Schultern, und gemeinsam gingen sie nach vorn. Annie und Glen waren ausgestiegen und kamen ihnen entgegen. Randolph und Jesses Eltern schlossen sich in die Arme; ihre Wiedersehensfreude beruhte auf Gegenseitigkeit. Seit dem gemeinsamen Abenteuer von Willys Befreiung würden sie für immer Freunde bleiben, so selten sie sich auch sehen mochten.

Annie und Glen wußten, welche bedeutende Rolle Randolph in Jesses Leben spielte. Als der Junge diesen beeindruckenden Mann im Northwest Vergnügungspark kennengelernt hatte, war es so etwas wie ein Meilenstein gewesen. Die Begegnung mit Willy und Randolph hatte eine neue und wichtige Phase in Jesses Leben eingeleitet.

Zu jenem Zeitpunkt war er mit dem Leben auf der Straße noch nicht fertig gewesen. Die Sehnsucht nach seinem »Rudel« – nach Perry und Gwennie und den anderen – war noch immer stark gewesen. Die Gemeinschaft der Straßen-Kids hatte für Jesse eine ähnlich starke Anziehungskraft gehabt wie für Willy die Familie seiner Artgenossen, die in Freiheit auf dem Meer lebten und deren Rufe er im Aquarium des Abenteuerparks hatte hören können.

Ja, Annie und Glen waren Randolph überaus dankbar für die väterliche Freundschaft, die er zu Jesse entwickelt hatte. Denn diese Freundschaft war eine große Hilfe für sie, seit sie begonnen hatten, Jesse ein Zuhause zu geben. Und dazu gehörte für sie auch, daß er ihnen soviel bedeutete wie ein eigener Sohn.

»Ich fahre mit Randolph!« rief Jesse.

Annie und Glen stimmten freudig zu. Es erfüllte sie mit Herzenswärme mitzuerleben, wie prächtig Randolph und Jesse sich verstanden.

»Übernehmt ihr die Führung«, sagte Glen. »Wir folgen euch.«

Begeistert lief Jesse los und kletterte in das Fahrerhaus des Pickup. Randolph war gleich darauf zur Stelle. Er schwang sich hinter das Lenkrad, zwinkerte Jesse zu und klopfte ihm auf die Schulter. Dann ließ er den Motor an und betätigte den Blinker. Randolph war ein umsichtiger Fahrer. Er fädelte den Pickup in den fließenden Verkehr ein und fuhr langsam, damit Glen aufschließen konnte.

Randolph behielt das mäßige Tempo bei, während sie sich dem Stadtrand näherten. Sonnenstrahlen fächerten durch die Baumkronen. Die Insel präsentierte sich von ihrer schönsten Seite. Die Autos, die von der Fähre gekommen waren, verteilten sich auf das Netz von Straßen und Wegen, das landeinwärts durch Täler und über Hügel führte.

Randolph lenkte den Pickup zielstrebig und sicher; er kannte Skagit Island wie seine Westentasche.

Aufmerksam betrachtete Jesse die Stadt und die Landschaft, begierig nahm er jede Einzelheit in sich auf. Auf dieser Insel konnte man sich gut vorstellen, wie die unberührte Wildnis der nordamerikanischen Westküste einmal ausgesehen haben mußte.

Mit leuchtenden Augen wandte sich Jesse schließlich an seinen großen Freund. »Wie gefällt dir die Arbeit beim Orca-Institut?«

»Großartig!« Randolph hob die Augenbrauen und lächelte. »Weißt du, es ist was ganz anderes, das Verhalten wildlebender Wale zu erforschen, als sich um einen ihrer Gattung zu kümmern, der in Gefangenschaft lebt.«

Jesse nickte verstehend. Sein Blick verlor sich; das Lächeln wich aus seinem Gesicht. »Meinst du, daß er es geschafft hat, Randolph?« fragte er nachdenklich. »Ob er jetzt wohl wieder bei seiner Familie ist?«

»Warum denn nicht!« entgegnete Randolph überzeugt. »Es gibt ein Orca-Rudel, das jeden Sommer in den Gewässern hier aufkreuzt. Das J-Rudel. Wir rechnen jeden Tag damit, es zu sehen.«

»Und er – gehört dazu?« Jesses Blick hing voller Hoffnung an Randolphs Lippen.

»Könnte gut sein«, antwortete der hochgewachsene Indianer. »Ein paar von den Beobachtern an der Küste sind sicher, einen neuen Heranwachsenden im J-Rudel gesehen zu haben.« Randolph warf Jesse einen aufmunternden Seitenblick zu. »Sobald ihr euch auf dem Campingplatz häuslich niedergelassen habt, fahren wir mit meinem Boot raus und sehen nach, ob die Beobachter recht haben.«

»In Ordnung!« strahlte Jesse.

»Mein Boot heißt Natsalane«, berichtete Randolph. »Du weißt, nach dem Jungen aus der Sage, der auf dem Rücken des Skaana schwamm.«

Jesse lächelte. »Oh ja, ich erinnere mich.«

Randolph schwieg. Er schien nachzudenken, und dann begann er, in einer Tasche zu wühlen, die er neben sich stehen hatte. Schließlich fand er, was er gesucht hatte. Er hielt es seinem Beifahrer auf der Handfläche hin.

Jesse stieß einen Pfiff aus.

Auf Randolphs Hand lag ein wundervoll geschnitzter Orca. Das glatte Holz war mit roter, schwarzer und weißer Hochglanzfarbe lackiert, und im offenen Maul des Wals waren sogar die Zähne modelliert.

»Hier, nimm. Der ist für dich«, sagte Randolph. »Ich hab' ihn in einem Raritätenladen unten in der Stadt gefunden.«

Jesses Augen leuchteten, als er den Talisman entgegennahm. Die Sonne erzeugte kleine Reflexe auf dem Lack. Etwas Urtümliches ging von dem Schnitzwerk aus, und Jesse spürte, wie es ihn in seinen Bann zog. Der hölzerne Orca vermittelte ein Gefühl der Kraft, und zugleich umgab ihn etwas Geheimnisvolles.

»Danke!« rief Jesse und umschloß das Geschenk mit beiden Händen. »Er ist wunderschön.«

Randolphs Mundwinkel formten ein zufriedenes Lächeln. Nach einem Moment sagte er: »Weißt du – Willy zu befreien war das Beste, was ich jemals in meinem Leben getan habe.«

»Gilt auch für mich«, nickte Jesse stolz. »Das war wirklich das Beste.«

Den Rest der Fahrt verbrachten sie schweigend. Sie hingen ihren Gedanken nach und wußten dabei, daß es sehr ähnliche Gedanken waren, die um jenen dramatischen nächtlichen Transport kreisten. In stummer Gemeinsamkeit durchlebten Randolph und Jesse noch einmal die Nervenanspannung der Nacht, in der sie Willy auf dem Tieflader zur Küste gebracht hatten. Und sie waren voller Dankbarkeit für Rae, die ihnen geholfen hatte, und ebenso für Glen und Annie, die Gott sei Dank zur Stelle gewesen waren, als der Tieflader sich festgefahren hatte. Und Glens Entscheidung, zuzupacken, hatte die Lage in letzter Sekunde zum Guten gewendet.

Randolphs Pickup und der Kombi der Greenwoods waren nun allein auf einer schmalen Serpentinenstraße, die sich immer höher in das bewaldete Hügelland wand. Zwischen den Baumstämmen sah man die glitzernde Wasserfläche der Juan-de-Fuca-Straße.

Jesse verspürte bei diesem Anblick eine unerklärliche Sehnsucht. Schon jetzt fieberte er dem Moment entgegen, in dem er an Bord der »Natsalane« hinausfahren würde, um Willy zu suchen.

Der Pickup und der Kombi erreichten den Campingplatz, ein von mächtigen Sitkafichten und Hemlocktannen geschütztes Gelände auf einer ausgedehnten Anhöhe, die einem an der Ostseite aufragenden Berg vorgelagert war.

Der Ausblick in die drei anderen Himmelsrichtungen war so unglaublich schön, daß Jesse und die Greenwoods nach dem Aussteigen minutenlang nur überwältigt dastanden. Es war unmöglich, alle Einzelheiten auf einmal zu erfassen, zu vielfältig war der Zauber der Natur.

Über die Baumwipfel des tiefer gelegenen Hanges hinweg fiel der Blick auf die Inseln des Puget Sound und das weite Wasser zwischen den fernen Küstenlinien von Vancouver Island und Olympic Peninsula.

Durch die Bäume, am Fuß des Hanges, war ein halbmondförmiger felsiger Strand zu erkennen, von dem ein hölzerner Anleger ins Wasser hinausragte. Eine holprige Straße wand sich zwischen den Bäumen hindurch, bis hinunter zu dem Strand.

Jesse löste sich als erster aus der Ergriffenheit. Rasch lief er los, um den Campingplatz zu erkunden. Noch war das Gelände nicht vollständig belegt. Es gab Wohnwagen und Wohnmobile, daneben aber auch Zelte der unterschiedlichsten Art – von der einfachen Pfadfinder-Jurte bis zum Luxus-Leinwandbungalow.

Fest im Boden verankerte Picknicktische waren über den ganzen Platz verteilt. Außerdem waren Grillmulden vorhanden. Ein Betongebäude beherbergte Waschräume und Toiletten, und eine Telefonzelle gab es ebenfalls.

Randolph und Jesse verabredeten sich für den nächsten Tag. Nachdem der Pickup vom Campingplatz gerollt war, machten sich die drei Urlauber sofort ans Auspacken. Mit Feuereifer baute Jesse sein Einmann-Zelt auf und kroch hinein, um einen Schlaftest zu unternehmen. Gleich darauf kam er wieder heraus und stellte zufrieden grinsend fest, daß Glen noch immer damit beschäftigt war, die Heringe für das Eltern-Zelt in den Boden zu hämmern. Annie half ihm, indem sie ihm jeweils einen der Aluminiumstäbe aus einem Segeltuchfutteral zureichte.

»Unser Zelt ist doppelt so *groß*«, bemerkte Glen, als er Jesse prusten hörte.

»Wenn ich ein bißchen mithelfe, werdet ihr vielleicht noch vor dem Dunkelwerden fertig«, sagte Jesse großspurig.

Glen tat, als wollte er aufspringen.

Lachend rannte Jesse los, zum Wagen.

»Räum das ordentlich ein!« warnte Annie ihn, als er seinen Koffer und den Rucksack herüberschleppte.

»Aye, aye, Sir!« schnarrte Jesse in militärischem

Ton, schob sein Gepäck ins Zelt und kroch hinterher.

In diesem Augenblick schlug sich Glen mit dem Hammer auf den Daumen. Er fluchte und schüttelte die Hand.

»Verdammt! So ein Mist!« Sein Gesicht war schmerzverzerrt. »So was wäre nicht passiert, wenn wir in einem Motel übernachten würden.«

»Wenn wir in einem Motel übernachten würden, hätten wir nicht diesen Ausblick.« Annie deutete erst zum Meer und dann auf den geschundenen Daumen ihres Ehemannes. »Tu etwas Eis drauf.«

Glen nickte und rappelte sich auf. Während er sich auf den Weg zur Kühlbox machte, steuerte Annie auf das Telefonhäuschen zu.

Zum Reden kamen sie erst Stunden später, lange nach Einbruch der Dunkelheit, als sie sich in die Zelte zurückgezogen hatten. Im Schein der Campinglampe schrieb Annie einen Bericht über die wichtigsten Ereignisse der letzten vierundzwanzig Stunden in ihr Tagebuch. Sie wirkte bedrückt und gedankenverloren.

Glen konzentrierte sich ganz darauf, eine Binde um seinen schmerzenden Daumen zu wickeln.

Unvermittelt hob Annie den Kopf. Sie unterbrach ihre Notizen und sah Glen an. »Dieser Anruf heute, zu Hause, kurz bevor wir abgefahren sind – das war Dwight. Ich sagte ihm, ich würde zurückrufen.« Sie hob die Schultern und ließ sie wieder sinken. »Tja, und das hab' ich vorhin gemacht.«

Glen nickte beiläufig, ohne von seiner Tätigkeit aufzublicken. »Und wie geht's Dwight?« brummte er.

»Gut«, antwortete Annie, und nach einem Moment des Zögerns sagte sie halblaut, so daß es im Nachbarzelt bestimmt nicht zu hören war: »Jesses Mutter wurde gefunden.«

Glens Kopf ruckte hoch.

Ungläubig starrte er Annie an.

Sie nickte bekräftigend. Ihre Miene war wie aus Stein. »Sie ist tot. An einer Überdosis Rauschgift gestorben.«

Glen schüttelte fassungslos den Kopf. »Es tut mir leid, das zu hören«, sagte er gepreßt. »Aber das bedeutet wohl auch, daß Jesse bei uns bleiben kann.«

»Solange er will.« Annie ergriff den Unterarm ihres Mannes und sah ihn an. »Glen, wir müssen es ihm erzählen!«

Glen atmete tief durch. »Aber es sind Ferien. Wir sind hier, um Spaß zu haben, um uns keine Sorgen machen zu müssen ...«

»Ich weiß«, unterbrach Annie ihn. »Aber wir müssen jetzt das Richtige tun.« Sie lehnte sich zurück, legte den Kopf in den Nacken und richtete den Blick nach oben, zur Zeltleinwand. »Ich denke, wir sollten die Sache nicht hinauszögern. Wir sollten offen und ehrlich zu Jesse sein – und es ihm erzählen.« Abermals sah sie Glen an. »Das wäre es doch, was gute Eltern tun würden, meinst du nicht auch?«

Glen atmete hörbar aus. »Woher soll ich wissen, wie sich gute Eltern verhalten?«

»Vertrau deinem Gefühl.«

»Laß uns eine Nacht darüber schlafen.« Glen zog ein Gesicht, das deutlich zeigte, wieviel Unbehagen ihm das unerwartete Problem bereitete.

»Da ist noch etwas«, sagte Annie leise.

»Was?«

»Noch eine andere Mitteilung von Dwight.«

»Wovon redest du?« Glen furchte die Stirn.

»Jesses Mutter hat nicht allein gelebt. Sie hat mit jemandem zusammengelebt.«

»Na, das war doch bestimmt gut für sie«, brummte Glen.

Annnie lächelte mild. »Der Jemand ist acht Jahre alt. Jesses Bruder. Halbbruder, genaugenommen.«

Glen richtete sich kerzengerade auf, starrte sie abermals an. »Aber Jesse hat nie was von einem Bruder gesagt!«

Annie zuckte die Achseln. »Ich glaube auch nicht, daß er etwas von seinem Bruder weiß.«

»Okay«, nickte Glen. »Was willst du mir denn nun sagen?«

»Nichts«, erwiderte Annie ausweichend und senkte den Kopf, zögerte. Schließlich gab sie sich einen Ruck. »Dwight wird den Jungen in ein staatliches Kinderheim stecken. Aber es dauert noch ungefähr zwei Wochen, bis der Kleine da einen Platz bekommt. Dwight wollte wissen, ob wir bereit wären, den Jungen vorübergehend aufzunehmen.«

»Wir sind im Urlaub«, sagte Glen schroff.

»Das habe ich Dwight auch gesagt. Ich habe gesagt, wir könnten es nicht machen.«

»Um so besser. Ende der Geschichte.«

Annie holte tief Luft. »Dwight sagte, er wollte den Jungen herbringen, damit Jesse ihn kennenlernen kann, bevor er dann in das staatliche Heim kommt. Ich habe gesagt, das ist okay.«

Glen stöhnte und verdrehte die Augen. Er hatte es kommen sehen. Annies Mutterinstinkt war mal wieder voll erwacht. Nicht, daß er etwas gegen vorübergehenden Familienzuwachs einzuwenden gehabt hätte. Aber er hatte die Hoffnung auf einen ungetrübten Urlaub noch immer nicht ganz aufgegeben.

»Der Junge ist Jesses Bruder!« rief Annie. »Sein Fleisch und Blut! Was hätte ich denn sagen sollen? Das konnte ich doch nicht ablehnen!«

»Allright«, knurrte Glen. »Die beiden sagen ›Guten Tag‹, essen einen Hot dog zusammen, und dann verabschieden sie sich. In Ordnung?«

»In Ordnung.« Annie strahlte. »Du hast also doch ein Gespür dafür, wie gute Eltern sich verhalten.«

»Ja«, grinste Glen. »Ich bin ein richtiges Naturtalent.«

Annie kam zu ihm herüber und schmiegte sich an ihn. Sie flüsterte: »Dwight möchte, daß ich ihn morgen noch mal anrufe und ihm sage, wie es gelaufen ist.«

Glen schluckte und schwieg.

Er hatte das verteufelte Gefühl, daß ihm noch etliche Überraschungen mehr bevorstanden.

3. Kapitel

Die »Natsalane« war dreißig Fuß lang. Ein stattliches Boot, in den Farben Purpurrot, Silber und Grün lackiert. Es war an dem Anleger vertäut und dümpelte leicht im morgendlichen Wellengang, im Takt mit den anderen Booten. Leute in bunter Urlaubskleidung waren auf den Decks zu sehen. Motoren sprangen blubbernd an. Es gab feste Routen für Rundfahrten, wie aus den Hinweistafeln am Ufer zu ersehen war, doch wurden auch besondere Wünsche der Touristen erfüllt. Viele der Bootseigner hatten sich ganz auf das Feriengeschäft eingestellt.

Möwen zogen ihre Kreise über dem Geschehen in dem kleinen Bootshafen, spähten hinab und stießen ihr heiseres Kreischen aus. Es klang wie ihr zeterndes Mißfallen darüber, daß noch nicht genügend freßbare Brocken über Bord geworfen wurden.

Eine schwache, aber dennoch frische Brise wehte landwärts. Beiderseits des Anlegers rollten flache Wellen auf den felsigen Strand. Die Luft hatte diesen Frischegeruch von Salzwasser und Tang, den Jesse sich immer bei der Fernsehwerbung mit Meeresbrandung vorstellte.

Annie fröstelte, als sie auf das Ufer zugingen. »Ich glaube, ich hätte doch noch einen Pullover mitnehmen sollen. Draußen auf dem Wasser...«

Glen legte den Arm um ihre Schulter. »Keine Sorge. Es wird heute sehr warm werden. Sieh dir den Himmel und die Sonne an!«

Annie maß ihn mit einem schmunzelnden Seitenblick. »Was bist du – Automechaniker oder Seefahrer?«

»Nein, Wetterfrosch!« rief Jesse vergnügt, bevor Glen antworten konnte.

Sie lachten. Für jeden unbeteiligten Beobachter waren sie die perfekte Familie, die vom Alltag ausspannte und den Urlaub in vollen Zügen genoß.

Glen hatte den Gedanken an Jesses tote Mutter und den angekündigten Halbbruder offenbar erfolgreich aus seinen Gedanken verdrängt. So kam es Annie jedenfalls vor. Ihr fiel es schwerer als ihm, ungetrübte Urlaubsstimmung vorzutäuschen. Das Gespräch, das sie zwangsläufig sehr bald mit Jesse führen mußten, stand ihr bevor wie eine schwere Prüfung.

Jesse war nicht mehr zu halten, als sie den Anleger erreichten. Er stieß einen Freudenschrei aus und lief voraus. Seine Schritte verursachten dumpfe Polterlaute auf den Holzplanken. Die Pfeife aus Chromstahl, die er an einer Kette um den Hals hängen hatte, wippte bei jedem Schritt vor und zurück.

Randolph hatte seine Freunde bereits erblickt. Er trat über die Reling der »Natsalane« auf die Planken hinaus und winkte den Greenwoods und ihrem Jungen freudig zu.

Er empfing Jesse mit einem kameradschaftlichen Schulterklopfen, begrüßte Annie und Glen nicht weniger herzlich und half ihnen an Bord. Dann wandte Randolph sich dem Achterdeck zu und rief:

»Mach die Leine los! Laß die Maschine an – und schon sind wir unterwegs!«

Jesse wandte sich nach achtern – und stand wie vom Donner gerührt. Die Welt um ihn herum versank jäh in ein bedeutungsloses Nichts.

Er sah nur noch das Mädchen.

Sie war dort auf dem Achterdeck mit der Maschinenabdeckung und dann mit der Leine beschäftigt; deshalb bemerkte sie zum Glück nicht, wie er sie anstarrte. Geschickt führte sie Randolphs Anweisung aus; man konnte erkennen, daß sie die Arbeit auf dem Boot nicht zum erstenmal machte.

Dumpf murmelnd sprang die Maschine an.

Jesse wußte nicht, wie ihm geschah.

Ein Zauber ging von Randolphs Gehilfin aus.

Sie war das schönste Mädchen, das er jemals gesehen hatte. Aber das Äußerliche war es nicht allein. Die Art, wie sie sich bewegte, ihr sanfter Gesichtsausdruck – alles zusammen wirkte auf Jesse einfach faszinierend.

Sie mußte ungefähr so alt sein wie er, sie war schlank und sah sportlich aus. Das lange schwarze Haar hatte sie mit einer Baseballmütze gebändigt. Sie trug Jeans, T-Shirt und Gummistiefel, doch in einem Ballkleid konnte sie kaum hinreißender aussehen.

Randolph tippte seinem jungen Freund auf die Schulter. »Komm mit nach oben. Du kannst mir Gesellschaft leisten. Ich laß' dich auch mal steuern.«

Jesse erwachte aus seiner Entrücktheit.

»Toll!« rief er. Doch er konnte den Blick noch immer nicht von dem Mädchen losreißen. »Wer ist sie?«

Randolph bemerkte Jesses verträumten Gesichtsausdruck, und schmunzelnd antwortete er: »Nadine Hyak. Sie spürt die Orcas für mich auf.«

Jesse nickte beeindruckt. Während er Randolph in den offenen oberen Kommandostand folgte, drehte er sich noch ein paarmal nach Nadine um.

Randolph hatte bereits die Maschine angelassen, als Jesse neben ihn trat. Langsam glitt die »Natsalane« vom Anleger weg, und innerhalb des geschützt liegenden Hafens beschleunigte Randolph die Fahrt nur mäßig. Jesse spähte über die Windschutzscheibe hinweg auf das glitzernde Wasser hinaus. Doch immer wieder warf er einen verstohlenen Blick über die Schulter, um Nadine anzusehen.

Sie hatte Glen und Annie begrüßt. Jetzt rollte sie Taue zusammen und kümmerte sich um alle möglichen Ausrüstungsgegenstände. Was sie am allerwenigsten zu interessieren schien, war Jesse.

Das Gefühl hatte er jedenfalls.

Sie nahm überhaupt keine Notiz von ihm.

Die »Natsalane« verließ den schmalen Kanal, der

die Zufahrt zum Bootshafen bildete, und nahm Kurs auf die Juan-de-Fuca-Straße.

Annie fror jetzt nicht mehr. Gemeinsam mit Glen stand sie an der Reling des Hauptdecks und rieb erst sich selbst und dann ihm das Gesicht mit Sonnenschutzcreme ein. Die glitzernde Wasseroberfläche, so schien es, reflektierte und verstärkte das Sonnenlicht.

Ein kleiner Möwenschwarm hatte beschlossen, der »Natsalane« zu folgen. Mit erhöhter Fahrt rauschte das Boot auf das offene Wasser hinaus. Skagit Island, mit seinen Hügeln und dem dichten Baumbestand, bot auch aus dem westwärtigen Blickwinkel ein Bild atemberaubender Naturschönheit.

Randolph hielt das Steuerruder mit der linken Hand, mit der rechten hob er das Fernglas an die Augen und suchte die See ab. Die Küstenlinien wichen nun immer weiter zurück, waren bald nur noch verschwommene Streifen an der nördlichen und der südlichen Kimm.

Randolph legte das Fernglas weg und schaltete einen tragbaren Kassettenrecorder ein, den er neben sich stehen hatte. »He, Jess!« rief er. »Hör dir das mal an. Ich hab' hier den Dialekt des J-Rudels auf Kassette.«

»Wirklich?« staunte Jesse.

»Ja. Jedes Rudel hat einen anderen Dialekt. Das ist wissenschaftlich erwiesen. Trotzdem steckt die Orca-Forschung immer noch in den Kinderschuhen.

Wir wissen bislang nur sehr wenig über diese unglaublichen Tiere.«

Randolph drückte die Wiedergabetaste.

Im ersten Moment hörten sich die Geräusche an wie ein totales Durcheinander.

Ein ständiges Gequietsche, Gekreische und Geschnatter war es, manchmal durchbrochen von geradezu wohlig klingenden Grunzlauten.

Aber einige der Töne, die aus dem Lautsprecher drangen, kamen Jesse schon nach kurzem Hinhören bekannt vor. Im Aquarium des Northwest Vergnügungsparks hatte sich Willys Stimme manchmal ähnlich angehört.

Jesse sagte es Randolph, und der Indianer nickte.

»Es ist ähnlich wie bei den Menschen«, sagte er und schaltete den Recorder aus. »Ihre Sprache und ihren Dialekt behalten sie ein Leben lang, egal, wo sie sind.«

»Auch dann, wenn sie von ihrer Familie getrennt wurden?« fragte Jesse.

»Auch dann«, bestätigte Randolph. »Es hat Untersuchungen darüber gegeben. Die Töne gefangener Orcas wurden mit denen von frei lebenden Rudeln verglichen.«

»Mhm«, nickte Jesse. Nach einem raschen Blick zum Achterdeck erkundigte er sich: »Stimmt es, daß man jede Orca-Familie genau erkennen kann?«

»Aber ja«, erwiderte Randolph. »Jeder Orca hat eine besonders geformte Rückenflosse. Und auch der weiße Sattelfleck hinter der Finne ist bei jedem

Tier anders. Außerdem kann man die Familien und ihre Mitglieder dann auch noch durch ihren Dialekt unterscheiden.«

»Wenn man ihn einmal auf Tonband hat«, folgerte Jesse.

»Richtig!« lobte ihn Randolph und strich ihm über das Haar. Er kniff die Augen zusammen und spähte suchend auf das Meer hinaus. »Also – wenn wir sie jetzt noch finden könnten, dann wären wir ja zufrieden.«

Annie und Glen lehnten an der Steuerbord-Reling und blickten abwechselnd aufs Meer hinaus und zu den Möwen empor. Beides taten sie mit scheinbar größtem Interesse. Doch es war das ungelöste Problem, das sie immer mehr beschäftigte.

Trotz des Maschinendröhnens sprachen sie gedämpft. Die hübsche Schwarzhaarige, die sich als Nadine vorgestellt hatte, war zwar in ihre Arbeit vertieft und sah auch nicht so aus, als ob sie sich für anderer Leute Angelegenheiten interessierte. Aber es war dennoch nicht nötig, daß sie Dinge mitbekam, die für sie zu einer Belastung werden konnten, wenn sie sie wußte.

»Ich finde, wir sollten es ihm erzählen«, sagte Annie.

»Wann?« entgegnete Glen.

»Heute abend. Wir müssen uns der Wahrheit einfach stellen, anders geht es doch nicht. Ich glaube, es ist das einzig Richtige, was wir tun können.«

Glen nickte, und während er sprach, blickte er mit gespielter Aufmerksamkeit in das weißschäumende Kielwasser, als gäbe es dort etwas besonders Interessantes zu sehen. »Er muß ja nicht unbedingt sämtliche grausigen Einzelheiten über den Tod seiner Mutter erfahren.«

»Du hast recht.« Annies Miene hellte sich auf. »Ich bin ja so froh, daß du einverstanden bist!«

Randolph gab Nadine ein Handzeichen. Er brauchte nichts zu erklären; sie wußte sofort, was er meinte. Ohne Umschweife öffnete sie die Abdeckung des Maschinenraums, und gleich darauf wurde es still. Lautlos, mit auslaufender Fahrt, trieb die »Natsalane« jetzt dahin.

Randolph und Jesse enterten in den unteren Kommandostand ab. Dort, neben der Funkausrüstung, befanden sich zusätzliche Geräte für die Walforschung.

Randolph schaltete das Unterwasser-Mikrofon ein und drehte den dazugehörigen Lautsprecher auf.

Eine Vielzahl von Geräuschen wurde übertragen. Die Schallwellen, die sich unter der scheinbar so ruhigen Wasseroberfläche meilenweit fortpflanzten, ergaben ein noch größeres Durcheinander als die Bandaufnahme, die Randolph zuvor abgespielt hatte.

Zu hören waren vor allem die hellen, mahlenden Geräusche von Schiffsmaschinen aus unterschiedlichen Entfernungen. Auch einige Quietsch- und Kreisch-Laute waren zu vernehmen.

Jesse und sein indianischer Freund horchten angestrengt.

»Da ist ein Powerboot unterwegs«, murmelte Randolph. »Das ist ziemlich weit draußen. Und dann – haben wir da noch einen Tanker – und – ein paar Delphine mit weißen Flanken ...«

»Orcas?« wisperte Jesse und hob hoffnungsfroh die Augenbrauen.

Randolph nickte. Mahnend legte er den Zeigefinger auf die Lippen und horchte weiter, noch intensiver.

Nach einer Weile schüttelte er den Kopf.

»Das sind keine Orcas. Ich habe mich geirrt.« Er richtete sich auf und blickte zu Nadine hinaus. »Laß es uns mal mit Turner's Point versuchen! Vielleicht sind sie gerade zum Lunch da draußen.«

Randolph wandte sich dem Niedergang zu. Mit einem aufmunternden Lächeln in Jesses Richtung stieg er zum oberen Kommandostand hinauf.

Jesse folgte ihm voller Eifer. Er mußte sich mächtig anstrengen, um seine Aufregung zu dämpfen. O Mann, das war ja kaum vorstellbar! Vielleicht würde er Willy schon sehr bald wiedersehen! Wie lange mochte es noch dauern? Minuten? Stunden? Daß es *nicht* klappen würde, gleich heute, am ersten Tag, konnte er sich allerdings überhaupt nicht vorstellen.

Nachdem Nadine die Maschine wieder angelassen hatte, brachte Randolph die »Natsalane« erneut auf Kurs. Diesmal fuhr er mit geringerem Abstand zur Küstenlinie der Olympic-Halbinsel. Auf der Seekarte zeigte er Jesse die Landzunge, die Turner's Point genannt wurde.

Die Sonne brannte mittlerweile immer kräftiger vom Himmel. Die Wasserfläche war wie ein riesiger Wärmekollektor, der die Hitze flimmernd und spürbar verstärkt aufsteigen ließ.

Randolph und Jesse verbrachten die weiteren Minuten schweigend. Während der hochgewachsene Indianer mit unbewegter Miene das Ruder führte, stand Jesse neben ihm und wußte nicht, was für ihn wichtiger war – auf das Meer hinauszuspähen oder Nadine zu bewundern.

Sie hatte sich mittlerweile auf dem Vordeck niedergelassen. Die Hände aufs Deck gestützt, den Rücken nach hinten gebogen, ließ sie die Beine über den Bug baumeln. Sonne und Seebrise liebkosten ihre Haut.

Sie war wunderschön.

»Arbeitet sie die ganze Zeit bei dir?« fragte Jesse und konnte den Blick nicht von Nadine wenden.

Randolph beobachtete es und schmunzelte versonnen. »Sie ist mein Erster Maat, und außerdem ist sie im Wal-Aufspüren die Beste in der ganzen Gegend.«

»Hat sie sich für den Job beworben?«

»Hm – wie man's nimmt.« Randolph lächelte. »Nadine ist – warte mal...« Er kratzte sich am Hinterkopf. »Also, sie ist die dritte Cousine von Primoses zweiter Tochter, und ich glaube, sie ist die zweite ...«

»Ihr seid verwandt?« rief Jesse, indem er zu seinem großen Freund aufblickte.

»Wir sind alle verwandt, hier.«

Jesse stieß einen Pfiff aus. Er blickte wieder nach vorn, konnte einfach nicht aufhören, sie zu betrachten. »Wie alt ist sie?«

»Vierzehn«, antwortete Randolph. »Sie verbringt nur die Sommer hier draußen. Die restliche Zeit des Jahres geht sie auf dem Festland zur Schule.«

»Mhm.« Jesses Blick wurde schwärmerisch. »Sie sieht aus wie – wie eine Prinzessin. Sie hat etwas Majestätisches.«

»Sie *ist* eine Prinzessin«, antwortete Randolph stolz. »Eine Haida-Prinzessin.«

»Wirklich?« staunte Jesse, indem er erneut zu ihm aufblickte.

»Aber sicher«, bestätigte Randolph ernsthaft.

Unvermittelt richtete sich Nadine auf. Mit ausgestrecktem Arm zeigte sie nach vorn.

Randolph und Jesse folgten der Blickrichtung.

Und tatsächlich!

Nur etwa hundert Yards entfernt waren sie aufgetaucht.

Die schwarzen Dreiecke der Rückenflossen durchschnitten die Wasseroberfläche.

In erhabener Eleganz hoben sich die mächtigen Körper aus den Fluten und ließen ihre weißen Flanken und auch jene hellen Flecken erkennen, die wie ein Sattel auf ihren Rücken lagen, gleich hinter den Finnen.

»Orcas!« rief Jesse aufgeregt. »Das sind Orcas! Das sind sie! Wir haben sie!« Er hüpfte auf der Stelle wie ein kleines Kind. Und nun hatte er kein Auge mehr für Nadine, die nur einen flüchtigen Blick zum Ruderstand warf. Jesse interessierte sie nicht sonderlich, daran hatte sich nichts geändert, seit er das Boot betreten hatte.

»Das ist das J-Rudel«, erklärte Randolph und zog den Regler zurück.

Während Jesse den Ruderstand verließ, eilte Nadine nach achtern, um die Maschine zu stoppen.

Als Jesse zu Annie und Glen lief, hatte die »Natsalane« bereits beigedreht. Von der Steuerbordreling aus hatten sie die Orca-Familie nun voll im Blickfeld. Annie und Glen benutzten abwechselnd ihr Fernglas, die Aufregung hatte auch sie erfaßt.

»Randolph!« rief Jesse zum Ruderstand hinauf. »Bist du sicher, daß es das J-Rudel ist?«

»Hundertprozentig!« antwortete Randolph. »Da ist Clio, die Mutter. Und der große Bulle ist Foster – der, dessen Finne fünf Fuß aus dem Wasser ragt. Hier hast du ein Verzeichnis der Rückenflossen und der Sattelflecken!« Er warf ein Notizbuch herunter.

Jesse fing es geschickt auf. Es war voller Fotos und Diagramme.

»Fang mal an, sie zu zählen!« schlug Randolph vor. »Jede Rückenflosse hat eine andere Form – wie bei Fingerabdrücken!«

Jesse prägte sich die Fotos ein, dann ergriff er voller Eifer das Fernglas, das Annie ihm reichte.

»Können wir nicht näher ran?« rief Jesse ungeduldig.

»Geht nicht«, antwortete Randolph. »Das Gesetz schreibt vor, daß wir Abstand halten. Und zwar dreißig Yards.«

Jesse hatte das Fernglas an die Augen gehoben. »Ich sehe neun – oder zehn.«

»Als wir sie das letzte Mal gezählt haben«, berichtete Randolph, »bestand das Rudel aus drei ausgewachsenen Kühen, drei ausgewachsenen Bullen, zwei Heranwachsenden und einem Kalb.« Er unterbrach sich und sah Jesse bedeutungsvoll an. »Und es kann sein, daß da noch ein weiterer Heranwachsender ist.«

»Dann laß es uns herausfinden«, sagte Jesse nur.

4. Kapitel

Breitbeinig stellte er sich an der Reling auf und klemmte die Pfeife zwischen die Lippen. Die »Natsalane« lag jetzt fast völlig still; die einzigen Bewegungen, die das Boot noch machte, wurden durch den Wellengang verursacht. Alle an Bord hielten den Atem an, alle spürten die Spannung dieses Augenblicks – auch Nadine, obwohl sie Jesse bis jetzt kaum beachtet hatte.

Er holte tief Luft, preßte die Lippen um das Chrom-Mundstück zusammen – und blies mit aller Kraft.

Der Pfiff gellte über das Wasser.

Jesse spürte seinen Herzschlag bis zum Hals. Seine linke Hand krampfte sich um die Reling, daß die Fingerknöchel weiß hervortraten.

Annie und Glen beobachteten ihren Jungen beinahe andächtig, geradezu bewundernd. Seine Augen schienen vor Aufregung Funken zu sprühen. Sie wußten, welche Bedeutung Willy für Jesses Leben hatte, für sein neues Leben. Ohne Willy hätte Jesse niemals seinen Weg gefunden. Davon waren Annie und Glen gleichermaßen überzeugt.

Jesse hatte Willy aus dem Aquarium befreit, das zur tödlichen Falle geworden wäre.

Willy hatte Jesse aus der Tragödie seines bisherigen Lebens befreit – allein durch die Freundschaft, die der einsame Wal dem einsamen Jungen bewiesen hatte.

Nur die schwerste Prüfung stand Jesse noch bevor. Den Tod seiner Mutter zu verkraften. Wenn er das schaffte, würde er es für immer geschafft haben.

Wie gebannt spähte Jesse auf das Meer hinaus. In seiner Rechten lag die Pfeife, er war bereit, sie abermals zu benutzen, zögerte jedoch. Wie würden die Orcas reagieren? Würden sie *überhaupt* reagieren?

Nein, sie kannten den schrillen Ton nicht.

Nur einer kannte ihn.

»Willy!« flüsterte Jesse. Er war wie betäubt. All die Monate hatte er diesem Augenblick entgegengefiebert. Und nun mußte er vielleicht mit einer Enttäuschung fertig werden. Wenn es so war, dann würde es die schlimmste Enttäuschung seines Lebens werden. Es war ja möglich, daß Willy seine Familie gar nicht wiedergefunden hatte. Vielleicht lebte Willy gar nicht mehr. Vielleicht war er auf der Suche nach seinen Angehörigen in der endlosen Weite des Pazifik umgekommen.

Von Schiffsschrauben zermalmt.

Von Walfängern harpuniert.

Von betrunkenen Marinesoldaten abgeknallt.

An einem unbekannten Strand bei der Robbenjagd verendet.

Die schrecklichsten Bilder zuckten in dieser Sekunde vor Jesses geistigem Auge auf.

Und noch immer hatten sich die Positionen der Rückenflossen dort draußen kaum verändert.

Grenzenlose Enttäuschung begann sich Jesses zu bemächtigen.

Doch da ...

Im ersten Moment war es eine unscheinbare Bewegung.

Im Glitzern der Sonnenreflexe und im Flimmern der Luft war die Bewegung nicht einmal eindeutig auszumachen.

Aber dann wurde das Bild klarer.

Denn jene eine, hoch aufragende Rückenflosse hatte sich tatsächlich bewegt. Immer schneller durchschnitt sie nun das Wasser, löste sich von dem Rudel ...

... und kam auf das Boot zu!

»Willy!« flüsterte Jesse erneut, fassungslos vor Freude. Und dann machte er einen Luftsprung hinter der Reling. Laut schrie er den Namen seines Freundes hinaus: »Willy! Willy! Willy!«

Als hätte der Orca es gehört, rauschte er machtvoll aus dem Wasser empor, etwa siebzig Yards entfernt. Wie um sich zu überzeugen, ob er auf dem richtigen Weg war, vollführte er einen flachen Sprung.

Sein riesenhafter und doch so wohlgeformter Körper glänzte tiefschwarz und leuchtend weiß im Sonnenlicht. Unter der Tonnenlast seines Eintauchens gab es einen schmetternden Schlag, und das Wasser gischtete in flachem Winkel nach beiden Seiten weg.

Nun war wiederum nur seine Rückenflosse zu sehen, doch um so deutlicher konnte man erkennen, daß Willy immer schneller wurde. Ohne Zweifel hatte er Jesse und die anderen auf dem Boot erkannt. Willys Wiedersehensfreude schien genauso groß zu sein wie die der Menschen auf der »Natsalane«, und deshalb konnte er es nun ebenfalls kaum erwarten, in ihre Nähe zu kommen.

Freudestrahlend drehte sich Jesse um. Annie und Glen waren begeistert; aufgeregt zeigte Annie auf die große Rückenflosse, die nun mit enormem Tempo immer näher kam. Eine regelrechte Bugwelle bildete sich vor der Finne, und das Wasser wölbte sich beulenartig über Willys bulligem Kopf.

Jesse drehte sich zu Randolph um, und der hochgewachsene Indianer lachte und streckte ihm die Hand mit erhobenem Daumen entgegen – zum Zeichen der mitempfundenen Freude.

Jesse sah auch Nadine an.

Sie konnte ihn nur entgeistert anstarren.

Sie konnte nicht glauben, was da geschah.

Mit elegantem Schwung änderte Willy seine Richtung, und im nächsten Moment glitt er längsseits auf das Boot zu.

Ohne zu zögern, stieg Jesse über die Reling. Mit einer Hand hielt er sich fest, während er auf der schmalen Außenbordkante in die Knie ging.

Willy pflügte durch das Wasser, auf seinen Freund zu.

Es war ein überwältigender Augenblick für Jesse. Freudentränen stiegen ihm in die Augen.

Aber dann war keine Zeit mehr für Rührseligkeit, denn Willy hob den Kopf aus dem Wasser. Er gab jene quietschenden Laute von sich, die Jesse nur zu gut kannte. Doch im selben Augenblick kamen andere Töne hinzu, höhere Töne, die fast wie ein Lachen klangen. Freude und Heiterkeit klangen heraus, auf eine geradezu überschwengliche Weise.

So froh hatte Jesse seinen Freund noch nicht erlebt.

Willy blies Atemluft aus, und eine dampfende Wolke hüllte Jesse sekundenlang ein.

Indem er sich von der Reling herabhängen ließ, tätschelte er ihm den Kopf. Willys Haut war gesund

und glatt, fühlte sich an wie straff gespanntes, nasses Leder.

»Hey, Willy, alter Kumpel!« rief Jesse. »Mann, du siehst ja richtig gut aus! Und gewachsen bist du auch! Ich wette, in dieser Gegend gibt's eine Menge guten Lachs! Und dann diese Rückenflosse! Menschenskind, die ist ja so gerade und schön, wie sie bei einem Orca sein sollte!«

Jesse spürte die Blicke, besonders einen. Er wandte den Kopf zur Seite und sah, wie Nadine dastand und starrte und den Mund nicht wieder zukriegte.

»Wir sind alte Freunde«, erklärte Jesse.

Er sah auch Randolph und Annie und Glen voller Stolz an; dann wandte er sich wieder Willy zu.

»Sag ›Hallo‹, Willy!« rief er.

Und der prachtvolle Orca gehorchte, wie in den alten Zeiten, im Northwest Vergnügungspark.

Er tauchte weg, um gleich darauf senkrecht emporzusteigen – weit genug aus dem Wasser heraus, um mit den mannsgroßen Brustflossen zu wedeln.

Es schien ihm regelrecht Freude zu bereiten, eines von den Kunststücken vorzuführen, die er damals gemeinsam mit Jesse einstudiert hatte.

Annie und Glen klatschten Beifall, und Randolph folgte ihrem Beispiel.

Willy ließ sich zurück ins Wasser sinken, und mächtige Wogen stiegen beiderseits seines bestimmt schon fünf Tonnen schweren Leibes auf.

Jesse zog sich an der Reling hoch, als die »Natsalane« im Wellengang zu schwanken begann.

»Ah, verstehe!« rief er seinem Orca-Freund nach. »Du mußt los, die Familie ruft. He, hör mal, bist du den Sommer über hier in der Gegend? Ich bin jedenfalls eine Weile da – also sehen wir uns bald, okay?«

Im Davongleiten hob Willy die Fluke.

Zweimal hintereinander klatschte er mit der gewaltigen Schwanzflosse auf die Wasseroberfläche. Es war wie ein fröhliches Winken, obwohl das Klatschen der Flukenschläge einem Krachen glich und das Wasser in Fontänen aufsteigen ließ.

Annie und Glen fühlten sich beim Zuschauen wie das stolzeste Elternpaar der Welt. Die Freundschaft, die Jesse mit Willy verband, bestätigte sie in dem, was sie von Anfang an gewußt hatten: Jesse war ein guter Junge, auch wenn er sich seinerzeit alle Mühe gegeben hatte, das Gegenteil unter Beweis zu stellen. Und sie wußten, sie würden die glücklichsten Eltern der Welt sein, wenn sie Jesse für immer bei sich behalten durften.

Doch da waren die düsteren Wolken am Horizont, die sich auch in diesem heiteren Augenblick nicht vollends wegschieben ließen: Wie, um Himmels willen, würde Jesse die schlimme Nachricht vom Tod seiner Mutter aufnehmen? Würde er durchdrehen, eine Art Rückfall erleiden und sich in seinem Schmerz wieder in das Leben auf der Straße flüchten?

Es tat Annie und Glen weh, Jesse die Ferien verderben zu müssen. Aber andererseits – vielleicht verlieh ihm gerade das Wiedersehen mit Willy Kraft, den Schock zu überwinden.

Denn ein Schock *würde* die Nachricht für ihn werden, daran gab es gar keinen Zweifel.

Nachdem Willys deutlich sichtbare Rückenflosse sich wieder mit dem Rudel vereint hatte, schwang Jesse sich zurück über die Reling. Stolz und voller Freude straffte er seine Haltung, und während er Randolphs Blick suchte, bemerkte er, daß Nadine ihn noch immer völlig entgeistert anstarrte.

Als Randolph ihm ein anerkennendes Handzeichen gab, stieß Jesse die Faust in die Luft und jubelte:

»Es war das Beste, was wir jemals getan haben!«

Randolph beglückwünschte ihn, indem er die Hände hob und sie über dem Kopf ineinanderlegte.

Wenig später machten sie sich auf den Rückweg. Jesse leistete Randolph im Ruderstand Gesellschaft, Nadine hatte wieder auf dem Achterdeck zu tun, und Annie und Glen waren damit beschäftigt, die Küstenlinien und die Inseln mit dem Fernglas zu betrachten.

Nach dem Anlegen warteten die Greenwoods nicht auf Jesse, wie sie es normalerweise getan hätten. Und auch Randolph hatte es erstaunlich eilig, an Land zu gelangen. Er schloß sich Annie und Glen an, und es hatte tatsächlich den Anschein, als ob die drei etwas Dringendes zu erledigen hatten.

Jesse bemerkte indessen nichts davon. In Gedanken versunken blieb er noch einen Moment im oberen Ruderstand stehen und blickte auf das Wasser hinaus. Dort draußen lebte Willy mit seiner Familie.

Und an Land lebte er, Jesse, mit seiner Familie. Es war das Beste, was ein Orca sich wünschen konnte, und es war das Beste, was ein Mensch sich wünschen konnte.

Jesse riß sich aus seiner Nachdenklichkeit. Suchend drehte er sich nach den anderen um und begriff, daß sie schon längst fort waren. Eilends stieg er den Niedergang hinunter.

Und prallte mit Nadine zusammen.

Sie kam vom Achterdeck, wollte von Bord, auf den Anleger.

Jesse erschrak, ohne daß er es wollte. Er wich zurück und spürte, wie er puterrot wurde. Verlegen zupfte er an seinem Hemd, und ihm wurde gar nicht bewußt, daß er mit dem Rücken bis an den Niedergang zurückgewichen war. Nadines Nähe hatte eine überwältigende Wirkung auf ihn.

»Hey – äh . . .«, stotterte er. »Das war toll – wie du heute das Orca-Rudel entdeckt hast.«

Sie sah ihn lächelnd an. Ähnlich wie Annie – und doch anders – schien sie ihn bis auf die Knochen durchschauen zu können.

»Das war nichts«, entgegnete sie, »verglichen mit dem, was du mit Willy gezeigt hast.« Ihre Augen blickten ungemein klug, und überhaupt spiegelte ihr selbstsicheres Verhalten eine überragende Intelligenz wider. Sie wirkte erwachsen, auf jeden Fall älter als vierzehn.

»Willy und ich sind alte Freunde«, entgegnete Jesse und versuchte, seinen Stolz zu verbergen.

»Randolph hat mir davon erzählt«, sagte Nadine. »Aber bis heute, bis ich es mit eigenen Augen gesehen habe, konnte ich es einfach nicht glauben. Ich habe noch nie erlebt, wie jemand so gut mit einem Orca umgehen konnte.«

Jesse lächelte geschmeichelt und verlegen zugleich. »Das ist wohl ein besonderes Talent. Ich hab' ja selbst nicht mal gewußt, daß ich es besitze. Randolph sagt, ich hätte Ursprünge von ›Medizin‹ in mir.«

Nadine lächelte wieder. »Hättest du ein bißchen Zeit für mich übrig? Ich möchte dir etwas zeigen.«

»Sicher. Wann?«

»Morgen früh. Ich hole dich vom Campingplatz ab.«

»Abgemacht.« Jesse fühlte sein Herz im Hals klopfen. Nach kurzem Zögern sagte er: »Ich heiße Jesse.«

»Ich weiß«, erwiderte Nadine, und ihr feingeschnittenes Gesicht nahm einen rätselhaften Ausdruck an.

»Und Randolph sagte – du heißt Nadine.« Jesse stammelte es irritiert.

»Ich weiß«, sagte sie wieder, und dann wandte sie sich ab.

Jesse blickte ihr nach, wie sie in der Pantry verschwand. Er seufzte tief. Am liebsten hätte er sich für seine Verlegenheit und seine ungeschickte Wortwahl selbst geohrfeigt.

5. *Kapitel*

Der Sonnenuntergang war ein unvergleichliches Schauspiel. Jesse hatte sich auf einem Baumstamm am Rand des Campingplatzes niedergelassen, wo er freie Sicht auf das Meer hatte.

Glühendes Rot überdeckte den Horizont, und die Schiffe schienen durch flüssige Lava zu fahren.

Annie und Glen schlenderten auf Jesse zu. Ihre Gelassenheit war schlecht gespielt. Doch Jesse spürte nichts davon, denn er ahnte ja nicht das geringste. Annie und Glen setzten sich zu ihm. Annie legte ihm den Arm um die Schulter. Die Wärme ihrer Geste vermochte das Bedrückende der Situation nicht mehr zu verbergen.

»Wenn du ein bißchen Zeit für uns hast . . .«, sagte Annie behutsam. »Wir müssen mit dir reden.«

»Klar«, erwiderte Jesse bereitwillig. »Um was geht's denn?«

»Dwight hat angerufen.« Annie preßte die Lippen zusammen.

Jesses Augen wurden groß vor Freude. Ihm war anzusehen, daß eine Ahnung in ihm aufstieg. Doch diese Ahnung ging in eine völlig falsche Richtung.

»Ist es wegen meiner Mom?« fragte er hoffnungsvoll. »Ja«, antwortete Annie.

Jesse bemerkte den tiefen Ernst in ihrer Miene nicht. Seine Augen leuchteten. »Dann wurde sie also gefunden? Kommt sie zu mir zurück?«

Annie preßte die Lippen zusammen. Sie schluckte, bekam keinen Ton mehr heraus.

Glen nahm ihr die schwere Last ab, indem er Jesses Arm ergriff und leise sagte: »Jess, deine Mutter ist eingeschlafen. Für immer. Sie ist tot.«

Die Freude fiel aus Jesses Gesicht. »Was?« stieß er hervor.

»Es tut uns sehr, sehr leid«, hauchte Annie. »Wenn es irgend etwas gibt, was wir für dich tun können . . .« Ihre Stimme versagte wieder.

Jesse wandte sich ruckartig ab, starrte auf die Inseln und die Meerenge hinaus. Die Trauer verdüsterte seine Gesichtszüge.

»Ich hätte sie suchen sollen«, sagte er rauh. Seine Stimme nahm einen metallischen Klang an. »Ich hätte versuchen sollen, ihr zu helfen!«

Annie schüttelte den Kopf. »Jesse, du konntest nichts tun!«

Er fixierte sie mit funkelnden Augen. »Sie brauchte mich!« rief er erbost. »Und was habe ich getan? Ich habe mit euch rumgehangen!«

Annie zuckte zusammen, doch sie bemühte sich sofort, den Schmerz nicht zu zeigen, den er ihr mit seinen Worten zugefügt hatte. Sanft, doch entschieden sagte sie: »Nein. Deine Mom brauchte dich nicht. Hast du das etwa vergessen?«

Einen Atemzug lang funkelte er sie noch an. Dann sprang er auf, ging hastig auf und ab, bewegte die Arme ruckartig – und blieb vor seinen Pflegeeltern stehen.

»Vielleicht ist sie gar nicht tot! Kann doch sein, daß Dwight irgendwas falsch verstanden hat.«

»Jess!« sagte Glen so behutsam wie möglich. »Ein Irrtum ist ausgeschlossen.«

»Nein, stimmt nicht!« schrie Jesse. »Und *wenn* sie tot ist? Dann habe ich niemanden mehr! Sie wollte zu mir zurückkommen! Wir wollten wieder zusammensein!«

Annie streckte die Hand nach ihm aus. »Jesse!« sagte sie mit tränenerstickter Stimme.

Doch er wich zurück. Panik und Verzweiflung verzerrten sein Gesicht. Er warf sich herum, rannte zu den Bäumen.

»Das stimmt alles nicht!« schrie er, und seine Stimme überschlug sich. »Sie *kann* gar nicht tot sein!«

Er verschwand zwischen den Bäumen.

Annie wollte ihm nach, doch Glen hielt sie zurück.

»Laß ihn«, sagte er heiser.

Der Tag neigte sich seinem Ende entgegen. Mit gesenktem Kopf ging Jesse hinunter zum Strand. Ihm war, als würde es für ihn keinen neuen Tag geben – nein, für ihn ganz bestimmt nicht. Der Rest der Welt, einschließlich Annie und Glen, konnte glücklich und zufrieden sein. Aber für ihn war alles aus. Aus und vorbei.

Er erreichte den Anleger, und seine Schritte hallten hohl in den Sonnenuntergang hinaus. Am Ende der Planken setzte er sich auf die Kante und ließ die

Beine hinabbaumeln. Sein Gesicht war steinern, als er das Spiel des versiegenden Tageslichts auf der Wasseroberfläche beobachtete.

Er nahm den geschnitzten Orca aus der Tasche, betrachtete ihn – und fühlte Willys Seele.

Der Orca war stark und stolz – mit seinen glänzenden Farben und den weißen Zähnen.

Er hatte die Kraft eines Totems.

Und das Totem gab Jesse die Kraft, das auszusprechen, was aus seinem Innersten kam, aus der Tiefe *seiner* Seele.

»Du hast deine Mutter wiedergefunden«, sagte er leise, indem er den Blick auf das Wasser richtete – auf den Lebensraum des großen, wunderbaren Freundes, den er wiedergefunden hatte. Jesses Stimme klang erstickt. »Und ich – ich habe gerade erfahren, daß ich *meine* Mutter verloren habe. Sie hat mich verlassen, und jetzt ist sie – mir weggestorben. Ich weiß nicht, warum es so weh tut ...« Er schniefte, schluchzte. »Wenn ich bedenke, daß sie nie bei mir war – sich nie um mich gekümmert hat ...« Er holte tief Luft und straffte seine Haltung ein wenig. »Sieht wohl so aus, daß ich mich damit abfinden muß – es war eben nur, daß ich die ganze Zeit geglaubt hab', wir würden eines Tages wieder zusammensein ...«

Er unterbrach sich, als er Schritte auf den Planken des Anlegers hörte. Schritte, die ihm vertraut waren.

Jesse drehte sich um.

Annie und Glen blieben stehen, noch ein Stück von ihm entfernt.

Jesse erschrak fast. So hatte er sie noch nie gesehen – so niedergeschlagen, so unschlüssig, ja, völlig hilflos. Sie sahen aus, als hätten sie Angst vor ihm.

Vor ihm?

Er erschrak abermals, diesmal richtig.

Bilder der Vergangenheit zuckten blitzartig vor seinem geistigen Auge auf. Worte hallten durch seine Erinnerung. Verdammt, war er manchmal eklig zu ihnen gewesen! Er konnte sich selbst dafür hassen.

In diesem Augenblick begriff er, wieviel er Annie und Glen bedeutete. Alles, was sie für ihn getan hatten und immer noch taten, war aus aufrichtiger Überzeugung geschehen. Einfach, weil sie ihn mochten.

Und du blöder Hund, sagte seine innere Stimme, *hast ihre Gefühle für dich mit Füßen getreten. Dir ist wirklich nicht zu helfen, wenn du das nicht endlich kapierst. Sie haben keine Angst vor dir – sie haben Angst vor deinen bescheuerten Reaktionen!*

Jesse stand auf und ging zu ihnen.

Er ging einfach auf Annie zu und schmiegte sich an sie.

Mit einem leisen Schluchzen schloß sie ihn in die Arme.

Und mit all seinen Sinnen spürte er die Geborgenheit, die sie ihm gab. Nie zuvor hatte er dies so empfunden, und zum erstenmal war ihm klar, daß er es niemals wieder missen wollte.

Glen stand völlig verstört neben seiner Frau und seinem Jungen.

»Es tut uns so leid«, sagte Annie leise, und ihre Stimme versiegte fast unter ihren Tränen. »Wir möchten, daß du eines weißt: Wir werden für dich dasein – immer!«

Jesse spürte einen Kloß im Hals.

»Danke«, hörte er sich krächzen. Er blickte zu Annie auf, und ihm gelang ein Lächeln. »Ich – ich gewöhne mich langsam daran.«

Auch Glen lächelte nun, doch die Tränen in seinen Augen waren nicht zu übersehen.

»Mann!« sagte er mit belegter Stimme. »Das klingt, als ob wir hier eine richtige Familie haben.«

»Das ist, als ob einem die Worte im Hals steckenbleiben, was?« Jesse sah ihn neckend an.

»Ja«, nickte Glen, und beinahe verstohlen fügte er hinzu: »Hat einer mal ein Taschentuch?«

Er mußte darauf verzichten, nachdem Annie und Jesse vergeblich ihre Taschen durchsucht hatten. Annie versetzte ihrem Mann einen freundschaftlichen Schubs.

Dann nahmen sie Jesse in die Mitte, hakten sich ein und machten sich auf den Weg zurück zum Campingplatz.

»Randolphs Nichte ist wirklich hübsch«, sagte Glen, als sie den Wald erreichten.

»Glen!« rief Annie mit einem augenzwinkernden Warnen. »Kümmere dich um deine eigenen Angelegenheiten!«

»Das tue ich doch«, grinste Glen. Doch er konnte es nicht lassen. Nach einem Moment wandte er sich erneut Jesse zu. »Gefällt sie dir?«

Jesse erwiderte Glens Grinsen. »Nein, ich kann sie nicht ausstehen!«

Alle drei lachten laut, als sie ihren Weg fortsetzten, die bewaldete Anhöhe hinauf.

Es war dunkel und kühl geworden. Glen und Jesse hatten ein Lagerfeuer entfacht, und zu dritt hatten sie sich am Rand der prasselnden Flammen niedergelassen. Auch an den anderen Feuerstellen und im Lichtschein der Zelte saßen Menschen in gemütlicher Runde. Jemand zupfte leise Akkorde auf einer Gitarre, und die Zuhörer summten das melancholische Lied »Home on the Range«. Der Abend auf dem Campingplatz war noch lange nicht zu Ende; alle kosteten die Urlaubsstimmung voll aus. Nur die kleineren Kinder waren schon zu Bett gebracht worden.

Annie hatte einen Pullover angezogen und die Jacke übergeworfen. Sie schaute ihren Männern zu, und im stillen bereitete sie sich darauf vor, nun auch noch die letzte Hürde zu nehmen.

Glen hantierte mit seiner Angelausrüstung, bereitete Schnüre, Haken und Rollen für den nächsten Tag vor. Jesse hatte Grillspieße mit Marshmallows bestückt und röstete sie über der Glut am Rand des Feuers.

Glen spürte Annies Blick. Er hob den Kopf, lächelte und nickte ihr kaum merklich zu.

Jesse erwachte aus seinen Gedanken.

»Willy zu treffen war super!« schwärmte er. »Er sieht aus, als ob es ihm da draußen mächtig gutgeht.«

Annie lächelte, und sie nahm den Gesprächsfaden auf, der sich ihr so unverhofft bot.

»Ja...«, sagte sie gedehnt, »so gibt es eben immer wieder Geschichten mit Happy End.« Sie machte eine kurze Pause, sammelte sich, um dann fortzufahren: »Hör mal, Jesse – deine Mutter lebte mit jemandem zusammen, bevor sie starb.« Annie holte Luft. »Mit einem Jungen, acht Jahre alt. Ihr Sohn und – dein Halbbruder.«

Jesse blinzelte ungläubig. »Mein Halbbruder?« echote er verblüfft.

Annie nickte und ergriff fürsorglich seine Hand. »Sein Name ist Elvis.«

»Ach, du liebe Güte!« entfuhr es Jesse. »Wie der King persönlich, was?« Er schnaufte, mußte es erst einmal verdauen. »Also...«

»Also«, nickte Annie, »gibt es nach dem Tod deiner Mutter einen Hinterbliebenen. Dwight meinte, du würdest Elvis vielleicht kurz kennenlernen wollen – bevor er in ein staatliches Kinderheim gebracht wird.«

Jesse wußte nicht, was er von der Sache halten sollte. »Ihn kennenlernen?« sagte er argwöhnisch.

Annie rückte näher an ihn heran. »Ja, natürlich. Du *solltest* ihn kennenlernen. Schließlich bist du mit ihm verwandt.«

»Aber ich hab' doch nicht mal was von ihm gewußt!«

»Eben darum«, bekräftigte Annie. »Wir sagen kurz ›Guten Tag‹, und das war's. Was würde das schon ausmachen?«

»Nichts, glaube ich.« Jesse seufzte tief.

»Es ist nur ein Besuch«, fügte Annie hinzu. »Wir werden uns auf gar nichts einlassen. In Ordnung?«

»Hm ja ...« Jesse nickte zögernd. »Ich denke, das ist okay.«

Annie und Glen konnten sich dennoch des Gefühls nicht erwehren, daß möglicherweise doch nicht alles okay war.

Von weitem sah es aus wie das Lichtermeer einer Stadt. In der Ferne war auch das Maschinengeräusch nicht zu hören, so daß es den Anschein hatte, als würde diese Stadt mit ihren Hunderten von Lichtern lautlos durch das schwarze Wasser gleiten.

Aus der Nähe betrachtet, war der Tanker »Largo« ein stählernes Ungetüm. Mit seinen dumpf rumorenden Dieselmaschinen lag das Riesenschiff auf seinem Kurs in die für seine Verhältnisse schmale Wasserstraße. Sowohl an Backbord als auch an Steuerbord waren starke Scheinwerfer eingeschaltet worden.

Der Kapitän hatte seinen Platz auf der Kommandobrücke schon seit Stunden nicht mehr verlassen. Auf dem Control Panel flackerte ein Lämpchen auf, und er betätigte einen Kippschalter.

Die Stimme des Ersten Ingenieurs ertönte aus der Bordsprechanlage. »Captain, wir haben ein Problem mit der Steuerbordmaschine. Der Druck ist miserabel. Es könnte passieren, daß ich die Maschine ganz abschalten muß.«

»Sind Sie sicher?« entgegnete der Kapitän bestürzt.

»Ja, Sir.«

»Fahrt verringern auf zehn Knoten!« befahl der Kapitän. Er warf dem Navigator einen Blick zu. »Und damit können wir unseren Zeitplan vergessen.«

Der Navigator nickte nur. Er blickte auf die Seekarten, die vor ihm auf dem Kartentisch ausgebreitet lagen.

Der Steuermann räusperte sich. »Vor Turner's Point kann es kritisch werden«, sagte er, ohne seine Haltung am Ruder zu verändern. »Da bauen sich starke Meeresströmungen auf. Und außerdem bilden sich Nebelbänke.«

Die Miene des Kapitäns verdüsterte sich. Aus schmalen Augen spähte er über das mächtige Vorschiff. Die Lichtkegel der Scheinwerfer erhellten einen weiten Bereich der schwarzen See. Die Ausläufer der Berge, unmittelbar an die Küstenlinie anschließend, waren auf der Backbordseite des Schiffes nur zu ahnen. Normalerweise sah man dort Lichter. Doch jetzt verhüllte der entstehende Nebel bereits die Küste.

Abermals wandte sich der Kapitän an den Navigator. »Schicken Sie einen Mann zum Bug. Ich brauche unsere Position zu den Tonnen von Turner's Point. Und dann will ich jede halbe Stunde einen Bericht.«

»Aye, aye, Sir«, erwiderte der Navigator und verließ die Brücke.

Der Kapitän schenkte sich Kaffee aus einer Thermoskanne ein. Während er in kleinen Schlucken trank, betrachtete er prüfend den Nachthimmel.

6. Kapitel

Die Morgensonne fächerte durch die Baumreihen. Auf dem Campingplatz herrschte bereits Betrieb. Helle Kinderstimmen gellten über das Gelände, Morgenmusik perlte aus Kofferradios, Wasserhähne und Duschen rauschten, Geschirr klapperte.

Jesse war allein am Strand. Geschickt schleuderte er flache Steine, so daß sie eine Serie von Sprüngen auf der Wasseroberfläche machten.

Unvermittelt hörte er Annies Stimme.

»Jesse, komm! Sie sind da!«

Er drehte sich um. Annie war allein vom Campingplatz heruntergekommen. Mit einer schlappen Geste bestätigte Jesse, daß er sie verstanden hatte. Seine Schritte wirkten lahm, als er sich in Bewegung setzte. Er gab sich keine Mühe, sein Desinteresse an diesem sogenannten Halbbruder zu verbergen.

Annie legte den Arm um seine Schulter. Er schlurfte neben ihr her, zurück, Richtung Campingplatz.

»Hast du ihn schon gesehen?« fragte er brummig.

»Ja«, antwortete Annie.

»Und? Wie sieht er aus?«

Annie lächelte. »Mir kommt er vor wie ein ganz normaler Junge.«

»Das meine ich nicht«, entgegnete Jesse unwillig. »Ich meine – sieht er mir ähnlich?«

»Ein bißchen«, antwortete Annie. »Um die Augen herum.«

Jesse nickte, schwieg für die Dauer von drei, vier Schritten, um dann wie aus tiefer Nachdenklichkeit zu erwachen. »Es ist nur ein Besuch, stimmt's? Er haut dann sofort wieder ab, stimmt's?« Von der Seite her blickte er scharf prüfend zu Annie auf.

»Ja, also – das ist so ...« Sie suchte nach Worten. »Also, eigentlich hat Dwight uns gefragt, ob Elvis ein paar Wochen bei uns bleiben könnte – nur so lange, bis ein Platz im staatlichen Kinderheim frei wird.«

Jesse verharrte, stand wie versteinert. Er wich zur Seite, ruckte herum und starrte Annie anklagend an.

»Nein!« rief er wild. »Das geht nicht. Das ist keine gute Idee.«

»Aber warum nicht?« entgegnete Annie sanft.

»Ich weiß nicht«, sagte Jesse unwirsch. »Es ist – na ja, wir kommen doch ohne ihn ganz gut zurecht. Und ...« Seine Stimme nahm einen verzweifelten

Klang an, »... ich kenne ihn doch überhaupt nicht! Das ist einfach nicht fair!«

Annie legte wieder den Arm um seine Schulter. »Es soll doch nur ein etwas längerer Besuch sein, das ist alles. Nichts Dauerhaftes. Wir tun Dwight einen Gefallen, weil er auch so viel für uns getan hat.«

Jesses Gesicht blieb trotzig. »Mann, das gefällt mir nicht«, knurrte er, mehr zu sich selbst.

»Ach, komm schon!« rief Annie aufmunternd. »Du könntest es doch wenigstens mal versuchen!«

Jesse gab nichts weiter als einen Brummlaut von sich. Die ganze verdammte Sache wurde ihm immer unangenehmer. Am liebsten wäre er weggelaufen. Aber was würde Nadine denken, wenn sie hörte, daß er sich so kindisch verhalten hatte? Er mußte sich ein bißchen zusammenreißen, soviel stand fest. Er wollte nicht, daß Nadine einen Anlaß bekam, über ihn zu lachen. Du lieber Himmel, er würde sich in Grund und Boden schämen!

Andererseits war es eine linke Tour, was Dwight da mit den Greenwoods abziehen wollte.

Dieser nachgemachte Elvis war bestimmt einer, der sich dreist überall breitmachte, wo er aufkreuzte. Jesse kannte solche Typen zur Genüge. Im Heim hatte er in der Beziehung jede Menge Erfahrungen gemacht.

Und überhaupt:

Irgendwie kam es Jesse verdammt merkwürdig vor, daß er einen Bruder haben sollte. Er konnte sich einfach nicht vorstellen, daß seine Mom ihre Zuneigung jemals einem anderen geschenkt hatte als ihm. Es konnte einfach keinen anderen gegeben haben.

Völlig unmöglich!

Seine Mom war immer nur für ihn, Jesse, dagewesen. Sie hatte ihn damals, als er noch klein gewesen war, doch nur deshalb bei der Sozialfürsorge abgeliefert, weil sie ein paar wichtige und schwierige Angelegenheiten zu erledigen hatte. Es gab ja nun mal Sachen, bei denen Kinder die Erwachsenen nur störten – vor allem wenn es diese nervenden Klein-Kids waren.

Der furchtbare Gedanke, der längst in Jesse wach geworden war, kam nun mit Macht an die Oberfläche.

Seine Mom hatte ihn betrogen!

Sie war gar nicht deshalb von ihm weggeblieben, weil sie etwas zu erledigen hatte.

Nein, sie hatte sich die ganzen Jahre um den anderen gekümmert – um diesen Elvis-Pelvis!

Jesse hätte vor Wut heulen und auf den Boden trampeln können. Aber der Gedanke an Nadine hielt ihn davon zurück. Zeit, erwachsen zu werden, verdammt noch mal.

Sie erreichten den Besucherparkplatz des Campingplatzes. Dwight Mercers Buick stand da. Jesse kannte den Wagen nur zu gut. In dem Buick hatte Dwight ihn zu den Greenwoods gefahren. Und jetzt machte sich diese kleine Ratte darin breit!

Glen und Dwight, ein schlanker Schwarzer, standen neben dem vorderen rechten Kotflügel des Wagens. Die Beifahrertür stand offen. Wegen der getönten Scheiben war aber noch nichts zu erkennen.

Dwight kam Jesse und Annie entgegen.

»Hey, Jesse! Mann, wie geht's dir? Du siehst ja richtig gut aus!«

Jesse hatte eine säuerliche Miene aufgesetzt. Widerwillig reichte er dem Sozialarbeiter die Hand. »Hi«, nuschelte er nur.

»Na, dann komm mal mit!« rief Dwight aufgekratzt. »Ich mach' dich mit Elvis bekannt.«

Dwight führte Jesse zur Beifahrertür des Buick. Annie und Glen blieben abwartend im Hintergrund.

Was er sah, gefiel Jesse ganz und gar nicht.

Seine schlimmsten Erwartungen wurden bestätigt.

Der Typ auf dem Beifahrersitz war der reinste Ekelerreger.

Eine Bohnenstange war er, total dürr. Die Klamotten, Jacke und Jeans, waren abgetragen. Und die fettigen dunklen Haare trug er in einer Stadtguerilla-Frisur – an den Seiten kurz, oben lang.

Sein Blick klebte auf dem Teppichboden des Buick.

»Jesse, dies ist Elvis«, verkündete Dwight feierlich. »Elvis, dies ist Jesse. Ihr Burschen seid miteinander verwandt.«

»Hm, ja ...«, murmelte Jesse dumpf.

»Ja, toll ...«, murmelte Elvis dumpf.

»Elvis«, sagte Dwight energisch, »komm raus da. Und dann gebt euch die Hand.«

Elvis gehorchte mürrisch und widerstrebend. Er bemühte sich krampfhaft, seinen Halbbruder nicht anzusehen.

Es kostete beide Jungen unendliche Überwindung, dem anderen die Hand zu reichen.

»Sag ›Guten Tag‹, Elvis«, ordnete Dwight an.

»Guten Tag und auf Wiedersehen«, blaffte Elvis. Abrupt drehte er sich um, stieg zurück in den Wagen und knallte die Tür zu.

Jesse fühlte sich erleichtert, als er sich abwandte und zu Annie und Glen ging. Er war versucht zu lächeln.

»Gut«, sagte er. »Sieht so aus, als ob der Fall damit erledigt wäre!«

Annie und Glen teilten seine Erleichterung nicht.

Jesse sah nicht, daß Dwight hinter ihm die Wagentür wieder öffnete.

Es war der Schock des Lebens für Jesse. Dwight Mercer zog dieses Abziehbild von einem Stadtguerilla zusammen mit einem Rucksack aus dem Wagen und dirigierte ihn zu den Greenwoods. Und was das Schlimme war: Annie und Glen widersprachen nicht mal, als Dwight die kleine Bohnenstange zurückließ, sich in den Buick schwang und fröhlich winkend davonfuhr.

Jesse war froh, neben Annie stehen zu können und diesen komischen Verwandten nicht ansehen zu müssen. Ein Feigling war er wohl auch noch. Verkroch sich an Glens Seite, dieser Affe!

Nachdem der Buick auf der Serpentinenstraße verschwunden war, führten die Greenwoods ihre beiden Schützlinge zu ihrem Quartier auf dem Campingplatz.

Glen wies auf Jesses Zelt und erklärte: »Ihr beiden teilt euch das kleine Zelt.«

Elvis war aus seiner Dumpfheit erwacht. »Und was ist mit dem großen?« fragte er keck.

»Das ist schon besetzt«, antwortete Glen schmunzelnd und wechselte einen amüsierten Blick mit Annie.

»Morgen«, sagte sie, indem sie den Achtjährigen ansah, »fahren wir runter in die Stadt und kaufen dir ein paar neue Sachen zum Anziehen.«

Jesse sah sie entgeistert an.

»Toll!« rief Elvis. »Ich nehme eine schwarze Motorrad-Lederjacke mit jeder Menge Reißverschlüsse.«

»Das liegt etwas außerhalb unserer finanziellen Möglichkeiten«, entgegnete Annie mild.

Elvis ließ seinen Rucksack vor dem Zelt auf den Boden fallen.

»Seid ihr arme Leute?« fragte er, indem er die Greenwoods musterte.

Die beiden sahen sich an, trafen die stumme Übereinkunft, ernst und gelassen zu bleiben.

»Nein«, antwortete Annie. »Arm sind wir nicht gerade.«

»Reich?« Elvis schob herausfordernd das Kinn vor.

»Wir bezahlen unsere Rechnungen«, erwiderte Glen.

Elvis' Miene hellte sich auf, denn es war das Stichwort, etwas aus seiner Erinnerung preiszugeben.

Er krähte: »Immer wenn sich bei uns die Rechnungen stapelten, ist Mom mit mir umgezogen. Mitten in der Nacht haben wir uns davongemacht – wie Diebe. Und wir haben uns vorübergehend getrennt – Sayonara, Baby! –, damit man uns nicht so leicht erwischt.«

Annie und Glen sahen sich abermals an, entgeistert diesmal. Jesse konnte nur fassungslos den Kopf schütteln.

»Guter Tip«, sagte Glen, an Elvis gewandt. Glens beeindruckte Miene wirkte nicht ganz überzeugend.

Aber für Elvis spielte das keine Rolle.

»Yeah, das funktioniert immer«, prahlte er. Einen Moment musterte er die Greenwoods prüfend. Dann schnarrte er: »Ich habe Dwight gesagt, daß ich nur bei reichen Leuten bleiben würde.«

Annie schnappte nach Luft.

Glen fand seine Beherrschung als erster wieder. »Tja«, lächelte er, »dann sieht's wohl so aus, daß dies eine der kleinen Enttäuschungen für dich sein wird, die das Leben so mit sich bringt.«

Elvis kam zu keiner Antwort, denn unvermittelt näherte sich knatterndes Motorgeräusch.

Es war ein Mofa, das den Lärm verursachte.

Und die Fahrerin war keine andere als – Jesse hätte jubeln können – Nadine!

»Ich muß weg!« sagte er rasch. »Wir sehen uns später.« Geschäftig wandte er sich ab und lief los.

»Jesse!« rief Annie. »Nimm doch bitte Elvis mit!«

Jesse drehte sich im Laufen um. »Geht nicht!« antwortete er triumphierend, und er zeigte auf Nadines Mofa. »Kein Platz!«

Annies Entscheidung traf ihn wie ein Hammer.

»Dann laßt das Mofa hier!« ordnete sie an, und es klang energisch genug, um Widerworte von vornherein nicht aufkommen zu lassen.

Als Nadine das Mofa bereitwillig an einen Baum lehnte, wäre Jesse am liebsten im Erdboden versunken. Er stöhnte vor Zorn, und innerlich fluchte er wie ein Kesselflicker. Aber er ließ sich so wenig wie möglich anmerken. Letzten Endes wollte er sich vor Nadine nicht aufspielen wie ein unbeherrschtes Kind.

Daher schlenderte er neben ihr her und gab sich so locker wie möglich, obwohl er ja innerlich kochte.

Nadine drehte sich ein paarmal um. Der Mini-Guerillero schlurfte und stolperte hinter ihnen her und murmelte Flüche und Verwünschungen.

»Wer ist das?« fragte Nadine verwundert.

»Niemand«, antwortete Jesse verächtlich. »Er ist nur für ein paar Tage zu Besuch. Beachte ihn einfach nicht.«

»Irgendwie sieht er dir ähnlich«, bemerkte Nadine nachdenklich.

Jesse stöhnte und verdrehte die Augen. »Sag nicht so was!« ächzte er. »Sag so was bitte nie wieder!«

Nadine musterte ihn mit einem verwirrten Seitenblick. »Okay«, sagte sie achselzuckend.

Sie setzten ihren Weg fort. Nadine führte Jesse durch Unterholz abseits vom Weg, und er war ihr überaus dankbar dafür, daß sie es mit ordentlichem Tempo tat. Zum Glück kannte sie sich hier aus, und er, Jesse, hatte keine Mühe, mitzuhalten.

Ganz im Gegensatz zu dem kleinen Großstadt-Arschloch.

Ausdauer mußte ein Fremdwort für ihn sein.

Jesse grinste sich eins, als er feststellte, daß Elvis-Pelvis immer weiter zurückblieb. Die Vorstellung, daß er in der Wildnis verlorenging, war nur allzu verlockend. Nur die Folgen würden unangenehm sein: Annie und Glen gegenübertreten und mitteilen zu müssen, daß der kleine Strolch abhanden gekommen war.

Die Greenwoods würden es fertigbringen, die Nationalgarde anzufordern, damit jeder Winkel der Insel abgesucht wurde.

Nein, den Mistkerl einfach abzuhängen war keine Lösung.

Vielleicht ergab sich ja was Eleganteres.

Jesses finstere Überlegungen wurden vorübergehend verdrängt, als sie den Rand des Unterholzes erreichten und freies Blickfeld hatten.

Vor ihnen dehnte sich die Meerenge bis zum Horizont.

Und zu ihren Füßen war eine kleine Bucht mit einem felsigen Strand auszumachen.

Nadine zeigte hinunter. »Das ist mein Lieblingsplatz auf der Insel«, sagte sie, und es hörte sich ganz so an, als ob sie dieses Geheimnis nicht mit jedem teilte.

Elvis nutzte ihren Aufenthalt, um aufzuschließen. Keuchend und schnaufend blieb er neben ihnen stehen und fischte eine Zigarette aus dem Taschengewirr seiner Klamotten. Er steckte die Zigarette in den Mund und suchte nach Streichhölzern. Vergeblich.

Er sah Jesse an. »Hast du mal Feuer?«

Jesse schüttelte tadelnd den Kopf. »Hier ist Rauchen verboten.«

»Wer sagt das?« konterte Elvis forsch.

»Smokey, der Bär. Wir sind hier in einem Nationalpark.«

»Zum Teufel mit Smokey, dem Bär!«

»Zum Teufel mit dir!« fauchte Jesse, schnappte ihm die Zigarette weg, zerkrümelte sie zwischen den Handflächen und streute die Tabakbrösel in den Wind.

Er gab Nadine einen Wink, und sie setzten ihren Weg fort, den Hang hinunter.

»Ich hab' genug davon!« schrie Elvis ihnen nach. »Ich hab' eine ganze *Stange* Zigaretten!«

»Wenn ich dich dabei erwische, daß du auch nur eine einzige davon qualmst«, rief Jesse, ohne sich umzudrehen, »dann mache ich Hackfleisch aus dir!« Aus den Augenwinkeln heraus sah er Nadines Schmunzeln. Bestimmt machte seine Entschlossenheit Eindruck auf sie.

Elvis' Gesicht verzerrte sich vor Wut. Ruckartig hob er den Arm und zeigte seinem Halbbruder den Finger. Jesse sah es jedoch nicht, zum Glück für Elvis.

»He, wartet doch!« schrie er. »Meine Füße tun weh! Verdammt, wo wollt ihr überhaupt hin?«

Er erhielt keine Antwort. Notgedrungen stolperte er weiter.

Nadine und Jesse ließen wenig später den Baumbestand hinter sich, überquerten das felsige Gelände zum Strand hin und setzten sich auf zwei Felsbrokken unmittelbar am Strand.

Das Wasser in der Bucht war still und völlig glatt. Felsige Ufer verliefen in beiderseitigen Bogen bis zu der schmalen Öffnung zur Meerenge hin, und die Vegetation reichte von Moosen und Farnen über Kräuter und Beerensträucher bis zu vom Wind zerzausten niedrigen Ahornbäumen.

Die Beschaulichkeit des Ortes wurde nur durch Elvis' Keuchen und seine tolpatschigen Schritte gestört. Zwanzig Yards entfernt stolperte er auf den Strand hinaus. Er stöhnte und ächzte lauter, um Aufmerksamkeit zu erheischen.

Nadine und Jesse ignorierten ihn.

Der Wind spielte mit Nadines seidig schimmerndem schwarzem Haar. Jesse betrachtete sie verstohlen von der Seite, und ihre Schönheit versetzte ihn in einen Zustand andächtigen Erschauerns.

»Ist es nicht wunderschön hier?« sagte Nadine leise, ohne den Blick von der Bucht zu wenden.

Jesse sah sie an. »Ja, es ist wirklich schön«, antwortete er.

»Meine Leute kommen schon seit Generationen hierher«, erklärte Nadine. »Sie nennen die Bucht ›The Rubbing Beach‹.«

»Ja? Warum denn das?« fragte Jesse erstaunt.

Nadine erwiderte seinen Blick. »Die Felsen unter Wasser sind glatt und rund. Die Orcas kommen regelmäßig her, um sich daran zu reiben.«

»Ist das ein Witz?« entgegnete Jesse verblüfft. Er spähte auf die Bucht hinaus und suchte die Wasseroberfläche ab. »Ich sehe keine Orcas.«

Nadine lachte verhalten. »Wenn du wirklich Ursprünge von ›Medizin‹ in dir hast, dann solltest du auch wissen, wie man Geduld an den Tag legt.«

»Okay.« Jesse setzte eine verschmitzte Miene auf. »Dann ist dies also ein Test oder so was?«

»Vielleicht.« Nadine wurde nachdenklich und schwieg einen Moment. Ernst fuhr sie fort: »Als ich klein war, bin ich hierhergekommen, sooft ich konnte. Damals waren hier nur die Orcas; ihnen *gehörte* die Bucht praktisch. Heute sind Boote überall. Angler sitzen auf jedem Felsen. Und es heißt, daß da drüben eine Feriensiedlung gebaut werden soll.« Sie zeigte auf die Mündung der Bucht.

In der Ferne war jetzt ein Öltanker zu sehen.

Die Umrisse des riesigen Schiffs zeichneten sich vor der jenseitigen Küstenlinie der Meeresenge ab. Langsam glitt der Tankerriese in die Wasserstraße hinein.

»Und die Tanker fahren vorbei, als ob sie hier ihren privaten Highway gepachtet hätten«, fuhr Nadine fort. Sie sah Jesse an. »Weißt du, manchmal habe ich diese furchtbare Ahnung, daß alles verlorengeht – daß alles zerstört werden könnte.«

Jesse spürte die ernsthafte Besorgnis, die hinter ihren Worten lag. Er nickte versonnen, und zugleich war er von ihrer Schönheit verzaubert.

»Ja, das wäre schlimm«, sagte er, und gleich darauf lächelte er, denn er wollte sie auf angenehmere Gedanken bringen. »Also – warum tun sie es?«

»Was?« Nadine verstand nicht.

»Warum reiben sie sich an den Felsen?«

»Ach so!« Sie lachte wieder. »Niemand weiß es. Die Wissenschaftler studieren das Verhalten der Orcas, aber eine Erklärung haben sie bis jetzt auch nicht gefunden.« Nadine überlegte. »Vielleicht ist es eine sinnliche Angelegenheit für die Orcas. Vielleicht fühlen sie sich gut dabei.«

Jesse ließ ihre Worte in sich nachklingen. Lange schwiegen sie beide. Jesse betrachtete die stille Bucht, den Tanker in der Ferne – und dann Nadines Profil. Und es kostete ihn allen Mut, das auszusprechen, was er dachte: »Du bist schön, Nadine.«

Sie wandte sich ihm zu, und ihr Lächeln war so warm und strahlend, daß er die Wärme sogleich in sich selbst spürte; sie durchflutete ihn regelrecht.

»Danke«, sagte Nadine sanft. Als sie wieder auf die Bucht hinaussah, streckte sie den Arm aus und rief: »Du warst geduldig – jetzt sieh!«

Weit entfernt noch, in der Mündung der Bucht, tauchte erst die Rückenflosse und dann der Kopf eines Orcas auf. Im nächsten Moment entfaltete sich seine Atemwolke.

Augenblicke später folgten weitere Orcas.

Nadine war aufgesprungen. »Ich glaube, sie bringen hier auch ihre Kälber zur Welt«, rief sie aufgeregt. »Eines wurde vor sechs Monaten geboren.«

»Dann ist es das J-Rudel«, folgerte Jesse.

»Stimmt«, bestätigte Nadine, ohne den Blick von den herannahenden Rückenflossen und Atemwolken zu wenden.

Jesse hielt es nicht mehr auf seinem Platz. Er sprang auf, lief am Ufer entlang, bis die Felsen immer höher wurden. Ohne lange zu überlegen, suchte er sich einen Felsblock aus, der eine Abstiegsmöglichkeit zum tieferen Wasser hin bot.

Oben auf dem Felsblock blieb Jesse stehen und winkte mit beiden Armen.

»Willy!« rief er, so laut er konnte. Sein Ruf hallte weit auf die Wasserfläche hinaus, und vom jenseitigen Ufer kam ein hörbares Echo zurück.

Doch die entscheidende Reaktion zeigte sich im selben Atemzug.

Willy tauchte aus dem Wasser auf.

Jesse erkannte ihn sofort und vollführte begeisterte Luftsprünge auf dem Felsen.

Deutlich war zu erkennen, wie Willy zum Strand blickte. Im nächsten Augenblick, als er Jesse auf dem Felsen sah, änderte er seine Richtung und hielt auf seinen Freund zu. Die Atemwolke, die Willy im Moment des Erkennens ausstieß, war mächtiger als sonst, schien zu zeigen, wie sehr er sich über das unverhoffte erneute Wiedersehen mit Jesse freute.

Eilends stieg Jesse zum Wasser hinab. Dort unten gab es einen kleinen Felsvorsprung, nur wenige Inches über der Wasseroberfläche.

Nadine folgte Jesse bis auf den höher gelegenen Felsen, und wie gebannt verfolgte sie von dort oben, was sich abspielte.

Elvis indessen blieb, wo er war, am Strand. Ohne besonderes Interesse, eher gleichgültig, beobachtete er das Geschehen aus der Ferne.

Unterdessen rauschte Willy immer schneller durch das Wasser.

Zwei weitere Rückenflossen folgten ihm – die größere von beiden gehörte einem Weibchen, die kleinere einem Kalb.

Kurz vor dem Felsvorsprung, auf dem Jesse kniete, hob Willy den Kopf aus dem Wasser und bremste seinen Schwung. Langsamer werdend, glitt er direkt auf Jesse zu und gab quietschende und klickende Begrüßungslaute von sich.

Jesse ging in die Knie und streckte die Hand aus. Da Willy nahe genug war, konnte er ihm liebevoll den Kopf streicheln. Willys glatte, lederartige Haut war kraftvoll gespannt wie immer.

»Hey, Kumpel!« rief Jesse. »Wie geht's dir denn? Einen schönen Platz habt ihr euch hier ausgesucht!«

Willy öffnete sein Maul weit.

Jesse verstand die Aufforderung sofort und tat das, was Willy am liebsten hatte.

Er streichelte ihm die riesige rosafarbene Zunge.

»Ich hab ihn mit Lachsen gefüttert«, rief Jesse. »Jetzt könnte er welche für mich fangen!«

Nadine beobachtete die Szene mit grenzenlosem Erstaunen. Nie zuvor hatte sie in freier Natur eine derart enge Beziehung zwischen einem Orca und einem Menschen miterlebt.

Jesse deutete auf die beiden anderen Orcas. »Gehören die zu deiner Familie, Willy? Deine Schwester und dein kleiner Bruder? Wie heißen sie denn?«

Nadine rief vom Felsen herab: »Randolph sagt, das Kalb heißt Kwatsi. Das ist das Haida-Wort für ›Kleines‹. Das weibliche Tier wird ›Midnight‹ genannt.«

Jesse nickte. Er beugte sich noch tiefer zu Willy hinab. »Hey, hör mal, ich hab' eine Frage an dich. Was ist mit diesen Felsen hier? Reibt ihr euch daran, weil es ein gutes Gefühl ist, oder tut ihr es, um ein Jucken loszuwerden?«

Sofort begann Willy zu quietschen und zu schnattern.

Jesse legte den Kopf schräg und tat, als hörte er aufmerksam zu. Dann blickte er zu Nadine auf und rief: »Er erzählt es mir nicht. Aber er sagt, es ist so oder so ein gutes Gefühl!«

Nadine lachte.

Jesse begann, seine Sachen abzustreifen, bis auf die Badehose, die er trug.

»Komm mit rein!« rief er Nadine zu.

»Das ist doch nicht dein Ernst!« entgegnete sie.

»Doch, doch! Komm schon! Ich werde jetzt Erkundigungen über diese Reibefelsen einholen – und zwar aus erster Hand!«

Elvis war nun doch herübergekommen; er kletterte den Felsen hinauf und starrte auf das unglaubliche Bild, das sich ihm bot.

»Jesus!« rief er. »Was ist denn das?«

»Ein Orca«, antwortete Nadine.

Elvis verzog das Gesicht. »Ein großer, häßlicher Fisch, wenn du mich fragst.«

Jesse hatte es gehört, er drehte sich um und schrie: »Dich fragt aber keiner!« Er wandte sich wieder Willy zu und sagte sanft: »Okay, nun dreh dich mal auf die Seite – und reich mir deinen Flipper!«

Willy tat es sofort. Bereitwillig und mit der gewohnten Eleganz drehte er sich im Wasser und wedelte mit der linken Brustflosse. Jesse streichelte sie ihm, streichelte auch seinen Kopf.

»Gut gemacht!« lobte er ihn. »Braver Willy! Ganz toll war das.«

»Ah, großartig!« rief Elvis höhnisch aus dem Hintergrund. »Ein Zirkus-Willy.«

Jesse warf dem kleinen Dreckskerl einen drohenden Blick zu. »Er ist kein Zirkus-Wal, er ist ein *freier* Wal!« Ruhiger, an Willy gewandt, fügte er hinzu: »Wir haben nur ein paar gemeinsame Gewohnheiten – aus der Zeit, als er gefangen war.«

»Vielleicht kannst du ihn ja dazu bringen, daß er

verschwindet«, giftete Elvis. »Dann kriegst du von mir zehn Cent dafür.«

Jesses Stimme wurde eisig. »Ebensogut kann es sein, daß *du* verschwindest, und zwar für immer – weil du nämlich gleich ins Wasser fällst!« Jesse grinste überlegen. »Orcas fressen nämlich für ihr Leben gern dämliche kleine Menschenzwerge!«

Elvis verzog das Gesicht zu einer spöttischen Grimasse. Nichtsdestotrotz hielt er es für sicherer, den Rückzug anzutreten. Hastig verließ er den Felsen und lief zum Strand zurück.

Nadine schmunzelte und schüttelte den Kopf. »Junge, Junge – ihr beide zankt euch ja, als ob ihr Brüder wäret!«

Jesse schloß genervt die Augen, stöhnte wie unter Schmerzen. »Bitte!« flehte er. »Sag das nicht! Sag das nie wieder!«

Dann lachte er, nahm Anlauf und katapultierte sich mit einem Riesensatz ins Wasser. Prustend und immer noch lachend, tauchte er eine Sekunde später wieder auf.

Willy schwamm sofort auf ihn zu, glitt an seine Seite und wartete. Im Northwest Vergnügungspark hatten sie es so oft geprobt, und jetzt war es ein Spaß, den sie sich aus freien Stücken gönnten.

Jesse ergriff die Finne seines riesigen Freundes und zog sich auf seinen breiten Rücken. Die ledrigglatte Haut des mächtigen Tiers strahlte eine vertraute Wärme aus.

Nadine konnte kaum glauben, was sie sah.

»Jetzt siehst du genauso aus wie Natsalane!« rief sie und klatschte begeistert in die Hände.

»Das Wasser ist herrlich!« entgegnete Jesse. »Und so ein Ritt auf einem Wal ist das Tollste, was man sich vorstellen kann!«

Kaum hatte er es ausgesprochen, setzte Willy sich in Bewegung. Sein stromlinienförmiger Riesenkörper durchpflügte die Fluten, und Jesse hielt sich gut fest. Doch ab und an hatte er eine Hand frei, um Nadine zuzuwinken. Und Willy achtete sorgfältig darauf, mit dem Rücken stets an der Wasseroberfläche zu bleiben, um seinen Freund nicht unversehens in die Tiefe zu reißen.

Nadine winkte voller Begeisterung, begleitete das Schauspiel mit anfeuernden Rufen.

Jesse hatte sich selten glücklicher gefühlt als in diesen Minuten. Gewiß, Willy hatte ihn auch im Aquarium des Abenteuerparks auf seinen Rücken genommen. Aber das war nichts gewesen – im Vergleich zu ihrem gemeinsamen Erlebnis hier, in der Bucht der Orcas. Denn hier erlebten sie gemeinsam jene Freiheit, wie sie nur in Willys natürlicher und vertrauter Umgebung existierte.

Während Willy mit seinem Reiter übermütige Kreise um Midnight und Kwatsi zog, wanderte Nadines Blick zum Horizont.

Der Tankerriese war immer noch dort.

Er glitt so langsam vor der Küstenlinie dahin, daß man meinen konnte, er würde in der engen Wasserstraße ohne Maschinenkraft treiben.

Nadine runzelte die Stirn. Ein Schauer lief ihr über den Rücken, und sie wußte nicht, warum.

7. Kapitel

Die Campingleuchte verteilte warmes gelbes Licht in dem kleinen Zelt, doch die Atmosphäre war so kühl und etwa so gemütlich wie in einer Gefriertruhe.

Elvis hockte auf der Kante einer Luftmatratze. Mit ausdruckslosem Gesicht schaute er zu, wie Jesse einen Stock nahm und eine halbwegs gerade Linie in den Erdboden zog.

Die Linie teilte das Zelt in zwei Hälften.

»Ich werde später mal Musiker werden«, sagte Elvis. »Wie mein Dad.«

Jesse lachte glucksend, und er ließ es so spöttisch klingen, wie er nur konnte. »Ist ja stark!« höhnte er.

Elvis ließ sich nicht irritieren. »Dad spielt Rhythmusgitarre bei Axl Rose. Und manchmal bei Pornos for Pyros.«

Jesse warf dem Angeber einen verächtlichen Blick zu. »Ach! Wenn er so gut ist – warum lebst du dann nicht bei ihm?«

»Er ist dauernd unterwegs . . .«

»Du doch auch.« Jesse beugte sich auf seiner Luftmatratze vor; den Stock ließ er fallen. »Hör mal zu, Elvis. Dein Vater interessiert mich überhaupt nicht.

Für mich ist es so, daß du praktisch überhaupt nicht existierst. Aber weil du nun mal da bist ...« Er zeigte auf den Strich im Erdboden, »... bleibst du auf deiner Seite und ich auf meiner. Verstanden?«

Elvis blickte auf die Linie und verwischte einen Teil davon mit dem Fuß. »Ich hasse Grenzlinien«, knurrte er.

Jesse nickte geduldig. »Okay. Wenn du diese Grenze überschreitest, wirst du dir wünschen, keine Füße zu haben. Und wenn du meine Gitarre anfaßt, wirst du dir wünschen, keine Hände zu haben.«

Elvis berührte vorsichtig den geschnitzten Orca, den Jesse neben seiner Matratze liegen hatte.

»Und wenn *damit* was passiert«, sagte Jesse grob, »dann *wirst* du keine Hände mehr haben!«

Elvis zog die Schultern hoch, grinste und spielte den Gelangweilten. Er legte die Schnitzerei zurück an ihren Platz.

Jesse streckte sich auf seiner Matratze aus, machte es sich bequem und beachtete den Störenfried nicht mehr.

Elvis dagegen blieb bewegungslos hocken und musterte ihn, wie er einzuschlafen versuchte.

Die See und die Meerenge waren ruhig, kein nennenswerter Wellengang kräuselte die dunkle Wasseroberfläche. Höhenwind trieb Wolken an der bleichen Scheibe des Vollmonds vorbei. Nebelbänke lagen vor der Küste.

Die »Largo« war ein träger Koloß, der sich unendlich müde vorwärts bewegte.

Das Stampfen der Maschinen klang mühsam und schwerfällig aus der Tiefe des Schiffsleibs.

Auf der Kommandobrücke waren alle Lichter eingeschaltet.

Besorgt überprüfte der Kapitän immer wieder die wichtigsten Skalen und Displays – Radarbildschirm, Echolot, Kompaß. Er beugte sich zur Sprechanlage vor. Seine Stimme war heiser vor Anspannung.

»Wir verlieren Druck auf beiden Maschinen. Wenn wir unter fünf Knoten abfallen, kann ich bei diesen Strömungen den Kurs nicht mehr halten.«

Er konnte den Maschinenraum nicht sehen, aber er konnte sich vorstellen, wie es dort unten aussah.

Der Erste Ingenieur und die Männer seiner Crew arbeiteten schweißüberströmt, mit nackten Oberkörpern. Maschinen, Rohrleitungen, Stahltreppen und Plattformen waren ein fauchendes und dampfendes Labyrinth aus naß und ölig glänzendem Stahl. Die Luft war zum Schneiden dick. Jeder Atemzug wurde den Männern zur Qual.

Der Ingenieur wischte sich mit dem Unterarm die Schweißperlen ab. Dabei hinterließ er auf der Stirn eine breite Spur von Schmieröl.

»Ich kann den Druck nicht halten!« rief er verzweifelt. »Wir tun, was wir können!«

Als schaurige Untermalung seiner Worte setzte hinter den Männern unvermittelt ein hartes, metallisches Rumpeln ein.

Der Ingenieur und seine Crew standen wie erstarrt.

Die Drehzahl der Maschinen sank ab, begleitet von mahlenden und knirschenden Geräuschen, die den Männern durch Mark und Bein gingen. Ihre Blicke richteten sich wie gebannt auf die Anzeigegeräte, deren Zeiger den Nullpunkten entgegensanken, als würden sie von unsichtbaren Gewichten gezogen.

Auf der Brücke schrie der Kapitän in das Mikrofon der Sprechanlage.

»Holt das Letzte heraus! Die letzten Reserven!«

»Es gibt keine Reserven mehr«, antwortete der Ingenieur dumpf.

Auf einmal verdunkelte sich das Licht. Die Lampen flackerten und erloschen im nächsten Moment vollends.

»Schaltet die Notstromversorgung ein!« brüllte der Kapitän.

In der Dunkelheit flog das Steuerbordschott der Brücke auf. Der Erste Maat stürmte herein.

Der Kapitän wirbelte herum. »Können Sie die Tonnen sehen?«

»Wir sind mittendrin, Sir!« Der Maat verharrte.

»Verdammte Scheiße!« fluchte der Kapitän. Einen Atemzug lang stand er da, als würde er kraftlos in sich zusammensinken. Dann rief er dem Funkoffizier zu: »Senden Sie S.O.S.! Verbinden Sie mich mit der Coast Guard, und dann besorgen Sie mir eine Verbindung mit der Seenotleitstelle in Seattle!«

Abermals drehte er sich zu dem Maat um. Die Stimme des Kapitäns war schwach, fast nur noch ein Flüstern, als er sagte: »Verständigen Sie die Mannschaft!«

Schwarz und unbeleuchtet jetzt, einem gigantischen Geisterschiff gleich, trieb die »Largo« an den Gefahrentonnen vorbei – auf das Riff von Turner's Point zu.

Niemand sah, was sich unter Wasser abspielte.

Doch die erfahrenen Seeleute konnten es sich nur zu gut vorstellen.

Der ungeschützte Leib des Riesenschiffs glitt immer näher auf die zerklüfteten und scharfkantigen Unterwasser-Felsen zu.

Jäh drang ein urgewaltiges Kreischen und Knarren durch die Stille. Ein Ruck lief durch den Schiffsrumpf, als er an seiner Unterseite aufgeschlitzt wurde wie eine Sardinenbüchse.

Der Kapitän und der Rest der Männer an Bord hielten sich fest. Am liebsten hätten sie sich die Ohren zugehalten.

Denn das Aufreißen des Rumpfes war ein grauenhaftes Geräusch, das ihnen durch Mark und Bein ging.

»Oh, mein Gott!« flüsterte der Kapitän.

Das Aufreißen des Rumpfs schien nicht enden zu wollen. Und dann, irgendwann in diesen Sekunden, die sich zu Ewigkeiten dehnten, geschah es:

Schwarze Wolken quollen aus dem klaffenden Schiffsleib hervor.

Das wölkende Schwarz stieg zur Wasseroberfläche und wurde von den Meeresströmungen verteilt.

Doch dies war nicht die einzige Bewegung unter Wasser.

Immer schneller glitten die Orcas der J-Familie durch die schwarzen Fluten – verwirrt und orientierungslos durch das mörderische Knirschen des zerreißenden Schiffsrumpfes.

Dieses Knirschen hatte eine höllische Lautstärke unter Wasser, und es nahm den Orcas jede Chance, sich durch ihr gewohntes Klicken zu orientieren. Diese klickenden Laute, die ihr Sonar-Ortungssystem waren, fanden keinen Widerhall mehr.

In immer schnellerer Folge und immer verzweifelter sandten sie das Klicken aus. Doch es half nichts. Das mörderische Dröhnen des berstenden Schiffsleibes machte alles zunichte. Die Orcas waren nicht einmal mehr ansatzweise in der Lage, sich zu orientieren.

Innerhalb von Sekunden wurde ihre Umgebung zu einem richtungslosen, schwarzen Nichts. Es gab keinerlei Anhaltspunkte mehr, die ihre hochsensiblen Sinne hätten verarbeiten können.

Ihre Panik wuchs.

Was mit ihnen geschah, war den klugen Tieren unerklärlich. Nie zuvor in ihrem Leben hatten sie eine Erfahrung wie diese gemacht.

Es war ähnlich wie bei einem Menschen, der durch tragisches Geschick plötzlich erblindete oder taub wurde.

Besaßen die Orcas sonst die Fähigkeit, durch ihr Ortungssystem einen Hering von einem Lachs zu unterscheiden, einen Seelöwen von einem Pinguin und einen treibenden Baumstamm von einem Segelboot, so befanden sie sich jetzt, in diesem schrecklichsten Augenblick ihres Lebens, nicht nur in völliger Finsternis, sondern vor allem auch in einer akustischen Hölle.

Über Wasser war das anders. Die Klippen hatten die Härte von Diamant. So geschah das Aufschlitzen des stählernen Schiffsrumpfes mit der gleichen Leichtigkeit, mit der man eine Konservendose öffnete. Und schon wenige Meilen entfernt war die Havarie des manövrierunfähigen Tankerriesen nicht einmal zu hören.

Unter Wasser jedoch schwoll der Lärm des todbringenden Schiffes zu Donnergetöse.

Die Orcas litten Schmerzen. Und zur Qual der Orientierungslosigkeit kam die Todesangst.

Dabei begriffen die gepeinigten Tiere noch nicht einmal, was die quellende schwarze Masse bedeutete, in die sie immer wieder gerieten. Noch spürten sie das Klebrige, Zähflüssige nicht, das an ihrer Haut haftenblieb. Und sie ahnten nichts von der zerstörerischen Wirkung dessen, was sie ungewollt schluckten und was ihnen beim Auftauchen in die Atemwege geriet.

Bei ihrem panischen Umherirren wuchs die Todesangst ins Grenzenlose.

Sie begannen, die Angst hinauszuschreien.

Als die Höllengeräusche des sinkenden Schiffs nachließen, erlagen die Orcas dem trügerischen Gefühl, die Situation würde sich bessern. Das veranlaßte die älteren, erfahreneren unter ihnen, den Weg an die Oberfläche zu suchen.

Beim Auftauchen bliesen sie wie gewohnt die Atemluft aus, und dabei spürten sie, daß sich etwas verändert hatte.

Die Wasseroberfläche hatte ihre kristallene Klarheit verloren, umspülte ihre glatten Körper nicht länger gläsern durchscheinend.

Statt dessen war die Oberfläche zu einer quirlenden, klumpigen und ungewohnt schweren Flüssigkeit geworden. Überhaupt an die Oberfläche zu gelangen, erforderte viel mehr Kraft.

Instinktiv tauchten die Orcas tiefer, versuchten nun, das offene Wasser zu erreichen, wo ihre Schreie einen Widerhall fanden. Doch ihre Angst blieb, denn der Instinkt sagte ihnen, daß sie das Grauen erlebten.

Das Grauen, über dessen Ausmaß ihnen kein Erfahrungswert überliefert worden war.

Unterdessen war der aufgeschlitzte Tanker auf dem Riff zum Stillstand gekommen. Scheinwerfer flammten auf, von den Notstromaggregaten betrieben. Die Crewmitglieder hasteten auf dem schrägen Hauptdeck hin und her, machten die Rettungsboote klar und ließen sie zu Wasser.

Ein Fauchen wie von einem Urwelttier war plötzlich von Steuerbord zu hören.

Die Seeleute zuckten vor Schreck zusammen, drehten sich um und duckten sich unwillkürlich.

Mehr als sieben Meter hoch schoß eine Ölfontäne aus dem Schiffsleib, dort an Steuerbord.

Und überall in der Umgebung des Wracks blubberte und gurgelte die Oberfläche. Ölblasen quollen auf und zerplatzten – immer mehr wurden es, und ein regelrechter Blasenteppich aus schwarzem Sirup entstand. Es war der Anfang des Ölteppichs, der sich von nun an immer weiter ausdehnen sollte.

Während die Seeleute in die Boote stiegen, wehten die Schreie der Wale zum Land hin.

Es waren klagende, flehende Laute, die das ganze panische Entsetzen der Tiere widerspiegelten.

Auf dem Campingplatz waren längst die letzten Lichter erloschen. Stille war eingekehrt, aus einigen der Zelte drangen Schnarchtöne. Die Lagerfeuer waren fast erkaltet, nur Glutreste schimmerten noch dunkelrot. Der Ruf einer Eule erklang hohl aus dem Wald.

Lange hielt die Stille an.

Nichts würde die Nachtruhe auf dem Campingplatz stören; mit dieser Gewißheit hatten sich die Urlauber zur Ruhe gelegt. Und letztlich war Skagit Island ein Garant für eben diese Ruhe. In der Abgeschiedenheit der Natur fand so mancher den erholsamen Schlaf wieder, den er in der Hektik des Berufsalltags so oft vermißte.

Doch in dieser Nacht sollte alles anders werden.

Und nichts würde wieder so werden, wie es bisher gewesen war.

Es begann mit einem vielstimmigen Klagen.

Es entstand irgendwo dort draußen, wo das Mondlicht einen bleiernen Schimmer auf die Wasseroberfläche der Juan-de-Fuca-Straße warf.

Anschwellende Klagelaute wie aus einer anderen Welt waren es, die aus der Meerenge aufstiegen und vom Wind herübergetragen wurden.

Wie ein verzweifelter Hilferuf erreichten die Schreie der Orcas die Insel.

Jesse schlief unruhig, wälzte sich hin und her. Er befand sich in einem seltsamen Zustand zwischen Schlaf und langsamem Erwachen. Bilder eines quälenden Traums bemächtigten sich seines Bewußtseins.

Silbrige Brandung rollte auf einen Strand aus schwarzem Vulkangestein. Das Licht kam von Mond und Sonne zugleich, und der Himmel war abwechselnd azurblau und nachtschwarz.

Über den Strand spazierte ein Pinguin.

Ein Königspinguin.

Er sah aus, als trüge er Frack und weißes Hemd, und seine Bewegungen wirkten albern und aufgeblasen, wie er am auflaufenden Wasser entlangstolzierte.

Der Pinguin sah die schwarze Rückenflosse nicht, da sie schräg hinter ihm auftauchte.

Und er sah auch nicht den riesigen schwarzen Körper des Orcas, wie dieser im Uferwasser heranschoß und auftauchte. Der Orca beherrschte die Jagdtechnik, die in seiner

Familie von Generation zu Generation überliefert worden war.

Mit hoher Geschwindigkeit rauschte er auf den Strand und auf den Pinguin zu. Der Sand knirschte unter dem tonnenschweren Leib des Orcas. Sein weit aufgerissenes Maul mit den kräftigen Zähnen schnappte krachend zu.

Haarscharf daneben.

Im letzten Moment war der Pinguin nach rechts gehüpft. Es sah plump und tolpatschig aus, aber der Hüpfer rettete ihm das Leben.

Der Orca ließ nicht locker. Noch hatte er genügend Schwung drauf, um sich herumzuwerfen und mit einer blitzschnellen zweiten Attacke nachzusetzen.

Doch da geschah etwas, was kein Orca jemals erlebt hatte.

Es gab keinen Erfahrungswert dafür, nichts, woraus die früheren Generationen eine Lehre gezogen hätten, um sie ihren Nachkommen weiterzugeben.

Der Pinguin stimmte ein Hohnlachen an.

Schaurig hohl klang es, und abermals entwischte er den zuschnappenden Zähnen.

Das Hohngelächter des Pinguins schwoll zum Dröhnen.

Es reizte den Orca bis aufs Blut.

Und so ließ er sich zum dritten Angriff verleiten.

Wieder rettete sich der Pinguin geradezu mühelos, und sein Lachen hallte mittlerweile wie Donner auf den Orca herab.

Jäh mußte der tonnenschwere Meeressäuger erkennen, daß er einen schlimmen, ja, einen tödlichen Fehler gemacht hatte.

Er hatte sich zu weit auf den Strand geworfen. Deshalb reichte sein Schwung nicht mehr aus, um sich aus dem Angriffswinkel heraus auf die andere Seite zu werfen und zurück ins ausreichend tiefe Wasser zu gleiten.

Er saß fest.

Gestrandet.

Er schrie vor Entsetzen. Todesangst packte ihn wie eine eisige Faust. Bald würde er von seinem eigenen Gewicht erdrückt werden. Seine Lungen würden regelrecht zerquetscht werden; er würde einen qualvollen Tod sterben.

Der Pinguin hüpfte und tanzte und lachte vor seiner Nase. Aus dem Hohngelächter des Frackträgers war ein schrilles Kreischen geworden.

»Zirkus-Willy!« schrie er. »Blöder, blöder Zirkus-Willy! Zirkus-Willy! Zirkus-Willy!«

Und plötzlich bekam der Pinguin ein menschliches Gesicht.

Es waren Elvis' Züge.

Und der Elvis-Pinguin kicherte und kreischte triumphierend.

Der gestrandete Orca blies eine letzte Atemwolke aus; sie wurde zu Nebel und hüllte ihn ein – doch nur für einen Moment. Als sich der Nebel auflöste, bot sich ein Bild des Schreckens.

Nur noch das Skelett des Wals lag auf dem Strand.

Und vom Meer erklangen die Klagelaute der Familie, deren Mitglied der tote Orca gewesen war.

Jesse erwachte schweißgebadet. Er fuhr von der Luftmatratze hoch, keuchte. Er wußte nicht, ob er vor Schreck geschrien hatte. Ein Blick zur Seite beruhigte ihn. Elvis' Gesicht war ein unbeweglicher heller Fleck, und seine tiefen, regelmäßigen Atemzüge schienen zu beweisen, daß er fest schlief.

Jesse brauchte eine Weile, um in die Wirklichkeit zurückzufinden.

Auf einmal hörte er, was seinen Traum ausgelöst und ihn geweckt hatte.

Aus weiter Ferne, fast nur wie ein Flüstern im Nachtwind, wehten die klagenden Rufe der Orcas herüber.

Jesse war nicht sicher, ob die angsterfüllten Stimmen noch aus seinem Traum herrührten oder ob sie bereits Bestandteil der Wirklichkeit waren.

Angestrengt horchte Jesse und blinzelte. Da war Elvis' Gesicht, da waren das Rauschen der Baumkronen und das verhaltene Singen des Windes. Jesse tastete nach der Zeltplane; sie bewegte sich im Wind.

Und das ferne Klagen der Orcas hielt an.

Es *war* Wirklichkeit!

Ohne eine Erklärung dafür zu haben, spürte Jesse doch, daß etwas nicht stimmte. Eine nie gekannte innere Unruhe erfüllte ihn. Was geschah den Orcas? Und – war Willy unter ihnen?

Was es auch ist, laß es kein Unglück sein! flehte Jesses innere Stimme. Dabei hatte er keinerlei Vorstellung davon, welche Art von Unglück ein Orca-Rudel überhaupt treffen konnte. Jedenfalls zu diesem Zeitpunkt, in der Nacht, hatte er keine Vorstellung davon.

Er mußte wissen, was los war. Ob er es herausfinden würde, war eine andere Frage. Aber er hielt es nicht aus, hier im Zelt zu hocken, diese merkwürdigen Schreie der Orcas zu hören und einfach *nichts* zu tun.

Vorsichtig öffnete er den Reißverschluß seines Schlafsacks, griff nach seiner Jacke und öffnete das Zelt. Lautlos schlüpfte er ins Freie und schloß das Zelt wieder. Einen Moment verharrte er horchend, aber drinnen rührte sich nichts. Aufatmend zog er die Jacke über und machte sich auf den Weg. Das hätte ihm gerade noch gefehlt, diesen kleinen Affen aus dem Großstadt-Dschungel ausgerechnet jetzt am Hals zu haben!

Jesse lenkte seine Schritte in die Richtung, in der er das Wasser sah, wie es silbern unter dem Mondlicht schimmerte. Und auf der Insel, unter den Baumkronen, sorgte die bleiche Scheibe am Himmel wenigstens für Halbdunkel. Jesses Augen gewöhnten sich rasch daran.

Den Weg durch die Baumreihen hatte er sich gut eingeprägt, und nach ein paar weiteren Tagen würde er sich hier auskennen wie in seiner Hosentasche.

Die Klagelaute und die Angstschreie der Orcas ließen nicht nach.

Jesse wußte, er würde einen höher gelegenen Punkt finden müssen, um einen möglichst weiten Überblick zu bekommen. Bis jetzt hatte er noch keine Ahnung, wo sich die Orcas überhaupt aufhielten.

Und wenn er es herausfand – was dann?

Er wich vom Weg ab, als dieser eine Biegung nach rechts beschrieb. Wenn er weiter geradeaus vordrang, würde er bald auf einen baumfreien Ausguckspunkt stoßen.

Ungefähr zehn Schritte hatte er durch das Unterholz zurückgelegt.

Da hörte er das Knacken und Brechen von Zweigen.

Jemand folgte ihm!

Mit einem Satz war Jesse hinter einem Baumstamm. Er drückte sich mit dem Rücken dagegen, hielt den Atem an und wartete.

Es dauerte keine Minute.

Dann war er zu sehen, wie er durch die Botanik stolperte, sich mit den Klamotten in dornigen Zweigen verfing und sich leise fluchend davon befreite.

Elvis!

Jesse schüttelte fassungslos den Kopf. Diese kleine Ratte war einfach unerträglich. Warum, in aller Welt, war dieser Mistkerl auch noch so anhänglich wie eine Klette?

Jesse schnellte hinter dem Baum hervor und baute sich breitbeinig auf.

»Was hast du hier zu suchen?« zischte er. »Dich heimlich verkrümeln?«

Elvis zuckte zusammen – wie von einem unsichtbaren Hammer getroffen, der ihn unangespitzt in den Boden zu rammen versuchte. Aber er strengte sich mächtig an, um wenigstens äußerlich so cool wie immer zu bleiben.

»Ja – sieht so aus«, antwortete er von oben herab. »Würd' ja gern eine rauchen. Hab' bloß keine.«

»Dann schleich dich zurück«, sagte Jesse ärgerlich. »Los, hau schon ab!«

Elvis dachte nicht daran. »Was machst *du* denn hier draußen?«

Jesse schüttelte unwillig den Kopf. Er schnaubte kurz und überlegte angestrengt, wie er den Störer loswerden konnte. Nichts nervte ihn mehr als die Anwesenheit dieses kleinen Strolchs.

Und wieder waren die Verzweiflungslaute der Orcas zu hören. Hilferufe waren es, und niemand schien etwas für sie tun zu können.

»Da – hörst du das?« stieß Jesse hervor.

»Klingt richtig unheimlich«, entgegnete Elvis. »Was ist das?«

»Orcas – wahrscheinlich.«

»Kommt mir vor wie – *sterbende* Orcas.« Elvis sagte es leichthin, ohne jegliche Anteilnahme.

Jesse drehte sich wortlos um und setzte seinen Weg fort. Er konnte die geringschätzige Art dieses Stinkers einfach nicht mehr ertragen. Dem war es nicht nur egal, wenn Orcas starben, der würde auch noch liebend gern dabei zuschauen.

Nach wenigen Minuten erreichte Jesse einen ausgedehnten Felsvorsprung, der dem Waldrand vorgelagert war. Sein Blick erfaßte von hier aus die kleine Bucht, einen weiten Teil des Puget Sound und auch die Meerenge. Letztere konnte er im Mondlicht allerdings mehr ahnen als sehen.

Unten bewegte sich etwas.

Als er auf den Sund hinausspähte, nahm Jesse es im ersten Moment nur unterbewußt wahr. Er richtete den Blick auf die Bucht, in der die Orcas sich wahrscheinlich schon seit Jahrhunderten einfanden, um sich an den Felsen zu reiben.

Jesses Augen weiteten sich ungläubig.

Unwillkürlich streckte er den Arm aus und zeigte auf die Bucht – obwohl er Elvis-Pelvis eigentlich überhaupt nicht ins Geschehen einbeziehen wollte. Aber in diesem Augenblick wurde alles zur Nebensache. Einfach alles, was nichts mit dem unfaßbaren Geschehen in der Bucht zu tun hatte.

8. Kapitel

Der Orca draußen in der Bucht vollführte unablässig wilde Sprünge. Hoch schoß er aus dem Wasser empor, und seine Schreie gellten zum Ufer hin. Jeder dieser Schreie endete mit dem Krachen, das sein mächtiger Körper beim erneuten Eintauchen verursachte.

Willy!

Ja, es war Willy!

Und er war so verzweifelt, wie Jesse ihn noch nie gesehen hatte. Jesse wollte den Namen seines Freundes hinausschreien, aber die Silben blieben ihm buchstäblich in der Kehle stecken.

Denn Willy war nicht allein.

Midnight und Kwatsi hatten das Ufer erreicht. Willys ältere Schwester hatte sich schon halb auf den felsigen Strand gezogen; heranrollende Wellen umspülten ihre Flanken. Willys kleiner Bruder war noch im flachen Wasser und mühte sich entsetzlich ab, ebenfalls den Strand zu erreichen.

Willys Hilfeschreie und das Krachen beim Eintauchen begleiteten die Qualen seiner Geschwister.

Und das Mondlicht gab dem Geschehen einen zusätzlichen tragischen Anstrich. Zugleich machte die mattsilberne Helligkeit jede Einzelheit deutlich erkennbar.

Jesses Herz krampfte sich zusammen. Es war, als ob sich eine unsichtbare Faust um seinen Oberkörper schloß und ihn zusammendrückte. Er konnte die Leiden der wundervollen Tiere dort unten fühlen, und der Schmerz darüber lähmte ihn regelrecht. Sekundenlang stand er da und starrte auf das Bild, das sich ihm bot.

Dann riß er sich aus seinem Entsetzen los und hastete den felsigen Hang hinunter – auf die gestrandeten Orcas zu.

Es schien eine Ewigkeit zu dauern, bis er den Strand endlich erreichte. Und noch einmal dehnten sich die Sekunden auf nervenzerfetzende Weise, als er die letzten zwanzig Yards vor sich hatte.

»Midnight!« schrie er. »Kwatsi!«

Vielleicht half es ihnen, zu wissen, daß sie nicht *ganz* allein waren. Und auch Willy würde bemerkt haben, daß sein Freund zur Stelle war. Jesse hatte nicht die leiseste Ahnung, ob er den Orcas helfen konnte. Denn er wußte ja noch nicht einmal, *was* sie so sehr in Panik versetzt hatte.

Jesse verharrte abermals, als er nur noch wenige Schritte von Midnight entfernt war.

Willys Schwester lag fast reglos auf dem Strand. Lustlos und matt bewegte sie den Kopf hin und her und hustete und krächzte, daß es Jesse durch Mark und Bein ging.

Nur ein paar Yards weiter, im seichten Wasser, gebärdete sich Kwatsi noch immer wie verrückt. Unablässig tauchte er mit der Nase ein und bäumte sich auf. Eindeutig wollte er dadurch auf dem Grund Halt finden und sich zum Strand hin hochziehen.

Jetzt, aus der Nähe, sah Jesse, daß Kwatsi in höchster Panik war. Eine furchtbare Angst trieb ihn zu diesem unsinnigen Verhalten. Er war es, der am dringendsten Hilfe brauchte.

Ohne zu zögern, lief Jesse weiter. Fürsorglich berührte er Midnight auf dem Weg zu Kwatsi. Jesse watete ins flache Wasser. Die Wellen klatschten gegen seine Jeans, machten den Stoff schwer und zerrten daran. Das Wasser war kalt, aber das kümmerte Jesse nicht.

Kwatsi wurde ruhiger, als er Jesse bemerkte.

Auch Willy, draußen in der Bucht, schien sich etwas beruhigt zu haben. Obwohl sein Herz vor Besorgnis hämmerte, erfüllte es Jesse mit Stolz, daß seine Anwesenheit den Orcas Zuversicht gab.

»Kwatsi«, sagte Jesse fürsorglich und streichelte den Kopf des Orca-Kalbs. »Du darfst dich nicht auch noch auf den Strand werfen. Du mußt im tiefen Wasser bleiben, mein Freund. Verstehst du?«

Plötzlich spürte Jesse, daß sich Kwatsis Haut verändert hatte. Erschrocken zog Jesse die Hand zurück und hob sie vor die Augen. Eine schwarze, schmierig-zähe Masse klebte an seinen Fingern. Er beugte sich über Kwatsi. Das Mondlicht reichte eben aus, um zu erkennen, was mit Willys kleinem Bruder los war.

Diese schwarze Masse, ein öliger Schlick, bedeckte seinen ganzen Kopf, einschließlich der Augen.

Schleim rann aus seinem Atemloch.

»Oh, mein Gott!« flüsterte Jesse. »Was ist denn bloß mit dir passiert? Mann, du siehst aber gar nicht gut aus!«

Jesse richtete sich auf, spähte auf die Bucht hinaus und sah Willy, der nun träge hin- und herschwamm. Oder war es ein anderer Orca, der dazugekommen war?

»He, Willy!« rief Jesse, indem er sich aufrichtete. »Bist du das? Hör mal, du mußt sie hier rausholen – von den Felsen runter!«

Tapsige, unbeholfene Schritte näherten sich. Heftiges Keuchen war zu hören. Jesse drehte sich um und erblickte den kleinen Mister Großkotz, den er am liebsten dorthin gewünscht hätte, wo der Pfeffer wächst. Aber wie die Dinge standen, konnte der Typ möglicherweise sogar mal zu was nütze sein.

»Mann, ich muß wirklich das Rauchen aufgeben«,

keuchte Elvis mit rasselndem Atem. In Midnights Nähe blieb er stehen. »Was ist los? Sterben sie?«

»Nicht, wenn ich was dagegen tun kann«, antwortete Jesse. »Faß mal mit an. Midnight ist zu groß, die können wir nicht bewegen. Aber vielleicht bringen wir Kwatsi dazu, wieder rauszuschwimmen.«

»Mann!« jammerte Elvis und zeigte auf seine Basketballschuhe. »Das sind nagelneue Nikes!«

»Dann zieh sie aus«, entgegnete Jesse reaktionsschnell. »Los, beeil dich!«

Elvis zog ein Gesicht, als würde er gezwungen, in eine Zitrone zu beißen. Widerstrebend gehorchte er, zerrte sich die großen Treter von den Füßen und stakste ins Wasser wie ein Jungstorch nach der ersten Landung.

Aber Jesse war nicht nach albernem Getue zumute. Mit energischen Handbewegungen trieb er Elvis an, und die Bohnenstange bequemte sich denn auch tatsächlich, etwas mehr Tempo an den Tag zu legen.

Jeder an einer Seite, versuchten sie, Kwatsi umzudrehen, mit dem Kopf zur Bucht. Doch wenn Willys junger Bruder für Orca-Verhältnisse auch ein kleiner Kerl sein mochte, war er für menschliche Maßstäbe immerhin schon ein kleiner Koloß.

Etwa dreihundert Kilogramm wog er, und sosehr sich Jesse und Elvis auch anstrengten – es war beim besten Willen nicht zu schaffen. Hinzu kam, daß Kwatsi ihren Rettungsversuch zusätzlich erschwerte, indem er sich immer wieder mit der Nase in den felsigen Grund stemmte. Mit aller Gewalt wollte er zu Midnight. Er begriff nicht, daß er sich dadurch dem Tod nur noch näher brachte.

Wie sollte ein Orca-Kind denn auch verstehen, daß die große, erwachsene Schwester genau das Falsche getan hatte?

Nicht einmal Midnight und Willy verstanden ja, was mit ihnen geschehen war.

Die beiden Jungen mühten sich vergeblich ab. Es war aussichtslos. Kwatsi war einfach zu schwer, und in seiner Panik konnte er auch nicht begreifen, daß Jesse und Elvis ihn retten wollten. Für Kwatsi zählte offenbar nur, daß sie ihn daran hindern wollten, zu Midnight zu gelangen.

Jesse schwitzte trotz der nächtlichen Kühle. Beim soundsovielten Versuch, das Orca-Kalb in die Gegenrichtung zu bringen, stolperte Jesse über einen höher aufragenden Felsbrocken und schlug der Länge nach ins Wasser.

Klitschnaß bis auf die Haut rappelte er sich auf, watete von Kwatsi weg, zum Ufer hin. Elvis folgte ihm; ein schadenfrohes Grinsen konnte er sich nicht verkneifen. Im Mondlicht sah sein Gesicht aus wie eine Fratze aus dem Wachsfigurenkabinett.

Jesse ließ sich nicht davon beeindrucken. »Elvis!« rief er in einem Ton, der keine Widerrede duldete. »Du läufst jetzt sofort los und weckst alle auf! Schick sie hier herunter, zur Bucht. Und Randolph muß alarmiert werden. Und das Orca-Institut. Los, Mann, beeil dich! Ich bin auf dich angewiesen!«

Elvis stand da und sah ihn an. Sein Grinsen war einem lauernden Gesichtsausdruck gewichen. »Was springt dabei für mich raus?« fragte er kaltschnäuzig.

Jesse mußte sich zusammenreißen, um ihm nicht an die Gurgel zu springen. »Nichts!« schrie er wütend. »Überhaupt nichts! Also verpiß dich, wenn du's für richtig hältst! Die Fähre ist in der Richtung!« Er streckte den rechten Arm aus, zeigte nach oben, den Hang hinauf.

Elvis beachtete ihn nicht und stieg in seine Nikes. »Okay, okay«, brummte er. »Bleib locker, Mann. Ich geh' ja schon.« Kopfschüttelnd fügte er hinzu: »Ich kapier' sowieso nicht, wieso du dich wegen so ein paar dämlichen Fischen aufregst. Aber meinetwegen ...«

»Beeil dich!« unterbrach Jesse ihn wutschnaubend.

Und diesmal kam der kleine Ekelerreger tatsächlich auf Tempo. Als säße ihm der Teufel persönlich im Nacken, warf er sich herum und rannte los. Zweimal stolperte er auf dem steinigen Strand. Jedesmal rappelte er sich in fliegender Hast wieder auf, als rechnete er stark damit, einen Tritt in den Hintern zu kriegen.

Aber Jesse war längst wieder bei den Orcas. Wenigstens wollte er Kwatsi und Midnight Mut zusprechen, auch wenn sie ihn nicht so gut verstanden wie Willy. Sie hatten ja nie in Gefangenschaft gelebt und hatten demzufolge auch keinen Menschen näher kennengelernt. Doch es konnte immerhin sein, daß allein seine Anwesenheit und der tröstende Klang seiner Stimme ihnen ein wenig Erleichterung brachten. Und sie merkten sicherlich auch, daß Willy ruhiger geworden war. Möglich, daß sie die Ursache für Willys Ruhe erkannten.

Er, Jesse, war die Ursache.

Diese Minuten, in denen er auf Hilfe wartete, wurden zu den längsten seines Lebens. Je länger er Midnight und Kwatsi ansah, desto eindringlicher wurde ihm bewußt, daß aller Trost nicht das geringste nützen würde, wenn es nicht bald wirklich wirksame Hilfe gab.

Beinahe unmerklich war es seit Elvis' Abmarsch hell geworden. Eine graue Morgen-Helligkeit war es, mit einem rot-goldenen Streifen am östlichen Horizont. Die Sonne war bereits aufgegangen und würde sehr bald über den Höhenzügen erscheinen.

Die Lage war unverändert.

Nein, falsch, dachte Jesse, während er auf den kleinen Bootssteg hinausging. *Die Lage ist nur äußerlich unverändert, in Wirklichkeit wird sie immer aussichtsloser.*

Das zeigte sich an Midnights Reglosigkeit. Sie bewegte den Kopf nicht mehr.

Und es zeigte sich an Kwatsis nachlassenden Kräften. Er versuchte noch immer, sich höher auf den Strand zu ziehen, doch er wurde merklich lahmer dabei. Und seine Augen trübten sich zunehmend.

Jesse ging bis ans Ende des Stegs, an dem Kanus, Kajaks und Jollen mit Außenbordmotor vertäut waren.

Die nasse Kleidung begann bereits zu trocken. Jesse spürte es nicht einmal. An sein persönliches Wohlergehen verschwendete er keinen einzigen Gedanken. Viel zu groß war seine Sorge um die Orcas.

»Willy!« rief er und hockte sich auf die Stegkante.

Er brauchte den Ruf nicht zu wiederholen.

Sein treuer Freund aus dem Northwest Vergnügungspark schwamm sofort herbei und glitt mit der gewohnten Eleganz an den Steg. Dennoch war die Traurigkeit in seinen Augen zu erkennen.

Jesse beugte sich zu ihm hinab und streichelte ihn – und auch bei ihm klebte sie über den Augen, dem Maul und dem Atemloch, die schwarze, ölig-klebrige Masse.

»Mein Gott«, sagte Jesse leise und voller Betroffenheit. »Was ist denn bloß mit dir und deinen Geschwistern passiert? Was für eine Bescherung! Und wo ist dein Rudel? Wo ist deine Mutter?«

Es wurde rasch heller. Jesse hörte Hubschraubergeräusche, als er gerade damit beschäftigt war, etwas von der klebrigen Masse von Willys Kopf abzuwischen.

Im nächsten Moment tauchte der Hubschrauber über den Bäumen auf und flog tief über das Wasser der Bucht. Sekunden später verschwand die Maschine hinter der nördlichen Landzunge, mit Kurs auf die Meerenge.

Jesse drehte sich zu Midnight und Kwatsi um. Dann wandte er sich wieder Willy zu. »Die beiden sollten im Wasser sein«, sagte Jesse betrübt. »Kannst *du* denn nicht etwas tun?«

Doch Willy schnaufte und krächzte nur. Es hörte sich an, als ob er einen gigantischen Husten hatte.

Jesse hörte die Schritte schon, als sie noch weit entfernt waren. Er tätschelte Willys Kopf noch einmal. »Jetzt kommt Hilfe, Kumpel. Bis später dann!« Und er sprang auf und rannte zum Ufer.

Es waren Glen und Annie, die den Strand als erste erreichten. Elvis folgte ihnen mit einigem Abstand. Er keuchte, war schon wieder total ausgepumpt.

Jesse rannte auf seine Eltern zu. »Das sind Midnight und Kwatsi!« rief er, indem er auf die gestrandeten Orcas wies. »Willys Bruder und Schwester. Die beiden sind ziemlich krank. Willy auch.« Mit ausgestrecktem Arm zeigte er auf die Bucht.

Willys Rückenflosse war weit draußen zu erkennen. Er schwamm dort wieder seine Bahnen – hin und her, wie ein gefangenes Tier im Käfig.

»Was ist passiert?« fragte Annie bestürzt.

»Keine Ahnung«, antwortete Jesse. »Sie sind mit Öl und Schlamm verschmiert, und sie atmen auch so komisch.«

Annie sah ihren Mann an. »Ob sie in der Nähe des Tankers waren, der letzte Nacht auf das Riff gelaufen ist?«

»Welcher Tanker?« wollte Jesse wissen.

»Ein Riesentanker«, antwortete Glen. »Der ist vergangene Nacht auf Turner's Riff gestrandet, und tonnenweise Rohöl läuft in die Meerenge.«

Annie nickte. »Im Radio und im Fernsehen ist nichts anderes mehr, nur noch die Tankerkatastrophe. In der Stadt bereiten sich alle auf den Katastropheneinsatz vor. Man will versuchen, das auslaufende Öl einzudämmen.«

Jesse starrte seine Eltern an; er wollte etwas erwidern, doch dazu kam er nicht.

»Viel zu spät!« erscholl eine Stimme, unsichtbar hinter den Bäumen noch. »Das nützt jetzt überhaupt nichts mehr!«

Nadine!

Jesses Augen leuchteten auf, doch nur für einen Moment. Denn die Bedrohlichkeit der Situation ließ keine Zeit für private Gefühle.

Als Jesse und die Greenwoods sich umdrehten, sahen sie Nadine gemeinsam mit Randolph und einer Gruppe weiterer Indianer herbeieilen.

Nadine war voller Zorn. »Der Tanker durfte die Meerenge überhaupt nicht befahren!« Sie verlangsamte ihre Schritte und blieb vor Jesse und seinen Eltern stehen. »Aber das tun sie ständig, weil sie dadurch Zeit sparen. Sie nehmen die Abkürzung durch die engen Wasserstraßen, obwohl es verboten ist. Ihre Schiffe sind viel zu groß dafür, und sie wissen es. Aber sie kümmern sich einfach nicht um die Verbote. Alles, was für diese Leute zählt, ist Geld!«

Sekundenlang herrschte betretenes Schweigen.

Auch Randolph und seine Stammesgenossen verharrten stumm.

Nadines Worte hingen wie eine Anklage in der Luft, und es entstand eine beklemmende Atmosphäre.

Nach einer Weile war es Glen, der das Schweigen brach. »Was können wir tun, um Jesse zu helfen?« fragte er und blickte in die Runde.

»Sehen wir es uns erst mal an«, schlug Randolph vor.

Da sie sowieso nichts anderes tun konnten, setzten sich alle bereitwillig in Bewegung. Unter Jesses und Randolphs Führung eilten sie den felsigen Uferabschnitt hinunter – alle, bis auf Elvis. Jesse bemerkte die Bohnenstange mit einem Seitenblick.

Elvis hatte die Hände in den Hosentaschen vergraben und schlenderte oberhalb des Strands auf und ab. Dabei gab er sich total cool und tat, als prüfte er jeden einzelnen Felsbrocken, ob er gut genug geformt war, um ihm als Sitzplatz zu dienen.

Jesse beachtete den kleinen Angeber nicht mehr. Keiner beachtete ihn. Okay, er hatte Hilfe geholt, hatte alle geweckt. Aber das hatte er ja nur getan, weil ihm nichts anderes übriggeblieben war. Lobeshymnen hatte er deshalb noch lange nicht verdient.

Die kleine Gruppe besorgter Menschen erreichte den gestrandeten Wal. Alle Gespräche verstummten. Das Tier, das in seinem Element einen so majestätisch-schönen Anblick bot, löste in seinem augenblicklichen Zustand tiefe Betroffenheit aus. Denn es

SEA SHEPHERD

WN 6250 NC

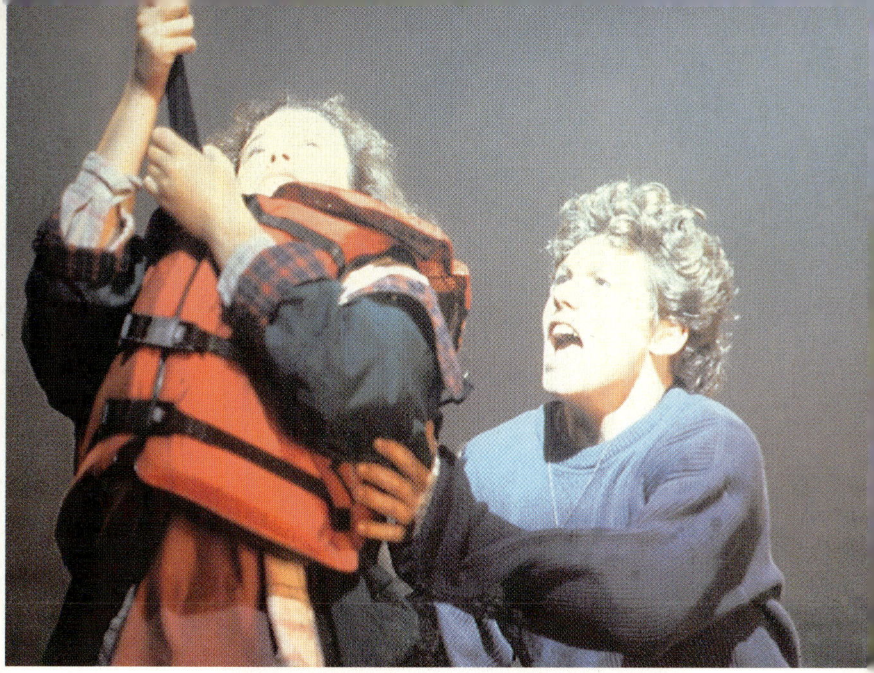

L. A.

war nur allzu deutlich, daß menschliche Habgier und Rücksichtslosigkeit den Orca in diese furchtbare Lage gebracht hatten.

Midnight gab Geräusche von sich, die ihren erbarmenswerten Zustand auf erschreckende Weise untermalten. Ihr Husten und Krächzen wurde begleitet von schweren, angestrengten Atemzügen.

Auch Kwatsis Laute waren ähnlich erschütternd; und noch mehr Mitgefühl weckten seine ständigen Bemühungen, in Midnights Nähe zu gelangen, hoch auf den Strand. Schon jetzt war zu erkennen, daß Kwatsis Kräfte nachließen.

Jesse, Randolph und Nadine begannen als erste, Midnight eingehend zu untersuchen. Die Greenwoods und Randolphs Stammesgenossen folgten dem Beispiel.

»Was hältst du davon?« fragte Jesse nach einer Weile, als Randolph mit ernster Miene stehenblieb.

Der hochgewachsene Indianer zog die Schultern hoch. »Es sieht nicht gut aus, Jesse. Midnight ist so krank, daß sie die Felsen zum Ausruhen braucht. Und Kwatsi geht es nicht viel besser.«

Nadine strich mit der Hand über Midnights Kopf. »Sie sind beide über und über mit diesem Ölschlamm bedeckt.« Sie betrachtete das schillernde, klebrige Zeug an ihren Fingerkuppen.

»Und was machen wir jetzt?« fragte Jesse ratlos.

Randolph blieb stehen und sah ihn an. »Das Orca-Institut wird einen Tierarzt vom Festland herüberholen. Andere Fachleute werden auch noch verständigt.« Er überlegte kurz. »Wir sollten versuchen, Midnight naß und kühl zu halten, bis Hilfe kommt.«

Nadine watete aus dem seichten Wasser an Land. »Ich hole die Eimer«, sagte sie und lief schon auf den Pickup zu, den Randolph an der Auffahrt oberhalb des Felsenstrands abgestellt hatte.

»Vielleicht schaffen wir es, Kwatsi zurück ins Wasser zu bringen«, meinte Jesse.

»Versuchen wir's«, nickte Randolph.

Alle packten mit an.

Alle – bis auf einen.

Elvis hockte auf einem Felsbrocken, den er als gut genug befunden hatte. Während er seine Fingernägel mit einem Taschenmesser reinigte, warf er gelegentlich einen gelangweilten Blick zum Wasser, wo sie sich um Kwatsi bemühten. Niemand hätte desinteressierter dreinblicken können als Elvis. Für ihn schien es nichts Langweiligeres auf der Welt zu geben als die verzweifelten Anstrengungen der Menschen dort, das Orca-Kalb zu retten.

Sie schafften es nicht.

Obwohl sie Kwatsi alle gleichzeitig schoben und ihn mit lockenden Rufen ins tiefere Wasser zu bekommen versuchten, half doch alles nichts. Kwatsi strengte sich nur um so mehr an, ja, er bot seine letzten Kraftreserven auf, um sich dem Rettungsversuch zu widersetzen. Er wand sich, bäumte sich auf und drehte sich – bis er schließlich neben Midnight lag, an seinem ersehnten Ziel.

Ebensowenig wie seine große Schwester konnte

Kwatsi begreifen, daß dies sein Ende bedeuten würde.

Jesse und seine Freunde mußten erkennen, daß man einem ungelösten Rätsel hilflos gegenüberstand.

Weshalb strandeten Wale? Weshalb passierte so etwas immer wieder? Es gab nur Vermutungen darüber. Ihr Ortungssystem funktionierte nicht mehr. Irgend etwas gaukelte ihnen eine trügerische Sicherheit auf dem Trockenen vor. Eine Krankheit verwirrte ihre Sinne. Ein Urinstinkt erinnerte sie an die Frühzeit der Evolution, in der ihre Vorfahren noch Landtiere gewesen waren. Die Spanne der Mutmaßungen war unendlich. Doch unter dem Strich blieb die Tatsache, daß noch Generationen von Menschen daran arbeiten würden, bis in ferner Zukunft einmal alle Geheimnisse der Wale erforscht sein würden.

Es war unendlich schwer zu verstehen, warum Kwatsi sich nicht helfen lassen wollte. Jesse hatte Mühe, seine Enttäuschung zu unterdrücken. Willy *hatte* es begriffen, damals im Northwest Vergnügungspark; er hatte gespürt, daß er in Jesse einen Freund gefunden hatte, der auf seiner Seite stand. Warum spürte Kwatsi das nicht? War er noch zu jung? Vielleicht war das eine Erklärung.

Niedergeschlagen folgte Jesse den anderen zum Strand. Er sah Elvis und bedachte ihn mit einem kalten Blick voller Verachtung.

Und dann war keine Zeit mehr, sich um einen nutzlosen Großstadt-Strolch zu kümmern.

Jesse half bei den Eimerketten mit, die sich nun bildeten. Mittlerweile waren weitere Helfer aus der Stadt eingetroffen, und viele von ihnen hatten zusätzliche Eimer mitgebracht. Zügig schöpften sie das Uferwasser, und die Helfer am Ende der Eimerketten gossen es behutsam über Midnights mächtigen Körper.

Elvis kramte Jesses Walkman aus der Hosentasche, stülpte sich den Kopfhörer über und schloß die Augen. Er fühlte sich nicht mehr anwesend und zeigte allen, daß er nichts mit ihnen zu tun haben wollte.

Allerdings kriegte das praktisch niemand mit, denn niemand beachtete ihn.

9. Kapitel

Der Hubschrauber flog in geringer Höhe über den Baumkronen. Als die Maschine über dem felsigen Ufer der Bucht auftauchte, schwollen Rotorenlärm und Turbinenrauschen zu doppelter Lautstärke an.

Fünfzig Yards von den gestrandeten Orcas entfernt landete der Hubschrauber auf einer freien Fläche. Die Turbine erstarb mit einem langgezogenen Heulton, und die Drehzahl der Rotorblätter verringerte sich zu einem trägen Schlappen.

Die Kabinentür wurde geöffnet. Eine Frau sprang ins Freie, mit mehreren Taschen bepackt. Die Frau war etwa fünfunddreißig Jahre alt und hatte blondes Haar. Es war mit grauen Strähnen durchsetzt.

Sie lief auf Midnight und Kwatsi zu.

Jesse ging ihr entgegen, machte kehrt und lief neben ihr her. »Sind Sie vom Institut?« fragte er forsch.

Sie verlangsamte ihre Schritte und nickte. Lächelnd reichte sie ihm die Hand. »Dr. Kate Haley. Ich bin Tierärztin, spezialisiert auf Meerestiere. Und wer bist du?«

»Jesse Greenwood.« Er biß sich auf die Unterlippe, zögerte, weil er Angst vor der Antwort hatte; aber dann fragte er doch: »Können Sie die beiden retten?«

Dr. Haley deutete auf Midnight. »Wie lange ist der schon aus dem Wasser heraus?«

»Er ist eine ›Sie‹«, antwortete Jesse. »Sie heißt Midnight. Wahrscheinlich liegt sie acht bis zehn Stunden an Land.«

Dr. Haley verschwendete keine Worte. Sie zog die Gummistiefel an, die sie in einer Plastiktüte mitgebracht hatte. Jesse schaute ihr mit unverhohlenem Respekt zu. Sie war eine tatkräftige Frau und war es offensichtlich gewohnt, in Notsituationen zielstrebig zuzupacken. Irgendwie hatte sie etwas Britisches an sich. Möglicherweise lag das aber auch nur an ihrem Neu-England-Akzent. Ihre berufliche Laufbahn mußte sie von der Ostküste hierher, an die Nordwestküste der USA, verschlagen haben.

Dr. Haley ließ ihre Taschen am Ufer zurück und

watete auf Midnight zu. Die Helfer wichen zur Seite, um ihr Platz zu machen.

Mit äußerster Gründlichkeit sah sich die Tierärztin Midnights Maul an. Dann blickte sie prüfend in die glasigen, ölüberzogenen Augen des Orcas. Und schließlich ging Dr. Haley an Midnights Flanke entlang, wobei sie mit der Hand über ihre Haut strich.

»Sie ist in das auslaufende Öl aus dem Tanker geraten«, stellte Dr. Haley fest. »Rohöl ist hochgiftig für die Lungen und andere innere Organe.«

»Können Sie etwas für sie tun?« fragte Jesse, der der Veterinärin nicht von der Seite wich. »Das Kalb ist auch in schlechter Verfassung. Er heißt Kwatsi und ist ungefähr sechs Monate alt.«

»Wir könnten es mit dem frühen Stadium einer Lungenentzündung zu tun haben«, erklärte Dr. Haley, und mit erstaunt hochgezogenen Augenbrauen sah sie den Jungen an. »Wie kommt es, daß du so viel über die Orcas weißt, Jesse?«

»Das ist eine lange Geschichte.« Lächelnd winkte er ab. Dann zeigte er auf Willy, der teilnahmslos und träge in der Nähe des Anlegers schwamm. »Willy ist ein alter Freund von mir. Ihm geht es auch nicht besonders gut.«

Dr. Haley ging ans Ufer und klappte eine ihrer Taschen auseinander. Sie nahm Phiolen mit Antibiotika und mehrere Spritzen heraus und bereitete sie vor.

»Und wie alt ist Willy?« fragte sie, während sie arbeitete.

»Er ist ein zwölf Jahre alter Heranwachsender«, antwortete Jesse. »Können Sie ihm auch helfen?«

»Ich kann es versuchen. Erst einmal nehmen wir uns die Schwester und den kleinen Bruder vor.« Dr. Haley zog die erste Spritze auf und eilte damit zu Kwatsi. Die Veterinärin beugte sich über den jungen Orca und fand nach kurzem Suchen eine Vene an seiner Rückenflosse. Behutsam senkte sie die Nadel hinein und injizierte ihm das Antibiotikum.

Rasch lief Dr. Haley wieder zum Ufer und zog die zweite Spritze auf. Jesse blieb auch jetzt in ihrer Nähe. Sie sah ihn an. »In ungefähr vierundzwanzig Stunden werden wir wissen, ob die Injektionen rechtzeitig waren.«

»Gut!« freute sich Jesse. »Und vielen Dank, Dr. Haley, daß Sie sie gerettet haben!«

»*Noch* habe ich sie nicht gerettet«, sagte die Tierärztin mehr zu sich selbst.

Am späten Nachmittag, als die Sonne schon tief im Westen stand, hatte sich bei den drei Orcas nichts verändert. Midnight lag auf dem Strand, in ihrer ursprünglichen Position. Kwatsi war nach wie vor neben ihr im seichten Wasser. Willy zog seine trägen Bahnen in der Bucht.

Dr. Haley saß auf einem Klappstuhl dicht am Wasser. Die Tierärztin machte sich Notizen.

Doch am Rand der Bucht, auf dem halbwegs ebenen Gelände, herrschte Hochbetrieb wie in einer Goldgräberstadt des vergangenen Jahrhunderts.

Wohnmobile und Minivans rangierten auf geeignete Plätze. Zelte wurden aufgeschlagen, Feuerstellen angelegt. Immer mehr Menschen kamen und hasteten geschäftig hin und her. Alle schienen mit einem längeren Aufenthalt zu rechnen, und offenbar hatte keiner vor, in dieser Nacht auch nur eine Sekunde zu schlafen.

Hubschrauber schwirrten dröhnend über die Köpfe der Menschen hinweg. In der Ferne hielten mehrere tieffliegende Flugzeuge auf Turner's Point zu, wo die »Largo« aufgeschlitzt auf dem Riff lag und ihre tödliche schwarze Ladung ausströmen ließ. Binnen kurzer Zeit würde alles Leben im Meer erstickt werden.

Und immer noch kamen Fahrzeuge die kurvenreiche und wellige Straße zur Bucht herunter. Der Kastenwagen eines Nachrichtensenders war zu sehen, gefolgt von einem Streifenwagen der Polizei. Der Medienrummel hatte gerade erst begonnen.

Aber schon jetzt hatte es den Anschein, als würde die halbe Welt herbeijagen und sich an der Bucht der Orcas aufbauen.

Vor den beiden Zelten der Greenwoods saßen Jesse und Nadine gemeinsam mit Annie und Glen. Elvis hockte ein Stück abseits und tat, als gehörte er nicht dazu, als hätte er mit niemandem etwas zu tun.

Glen war mit dem tragbaren Fernseher beschäftigt, den er mitgebracht hatte. Die Sendereinstellung funktionierte noch immer nicht richtig. Jesse unterhielt sich leise mit Nadine, während Annie die Kühlbox durchsuchte.

»Ich habe Hähnchen-Nuggets mit Grillsauce zu bieten«, verkündete sie. »Wie hört sich das an?«

»Gut!« folgte das prompte dreistimmige Echo.

Nur Elvis verzog angewidert das Gesicht. »Gibt's keine Peperoni-Pizza mit Ananas?« murrte er. »Ich bin allergisch gegen Hähnchen.«

Annie drehte sich um. »Tut mir leid«, sagte sie mit einem milden Lächeln. »So was haben wir leider nicht da.«

»Mist«, brummte Elvis.

Glen unterbrach sein Hantieren an dem Fernseher und warf Annie einen verzeihungheischenden Blick zu. »Ich hab' den Apparat mitgebracht, weil ich gern das Spiel der Seahawks sehen möchte.«

Elvis erwachte aus seiner Gleichgültigkeit. »Und nachher gibt's die Top Twenty von MTV!« rief er begeistert.

Annie schüttelte den Kopf und entgegnete sanft, aber bestimmt: »Also – ich bin nicht in Urlaub gefahren, um mir Footballspiele oder Videoclips im Fernsehen anzusehen.«

»Na, großartig!« maulte Elvis. »Und was soll ich dann machen – in dieser Scheißgegend? Ich meine, so was Langweiliges wie diese Insel hab ich ja noch nie erlebt!«

Jesse sah ihn mit unverhohlener Abneigung an. »Wenn es hier so langweilig ist, warum haust du dann nicht einfach ab?« Er streckte den Arm aus, zeigte auf die Campingplatz-Zufahrt. »Zur Fähre geht's da lang. Und wenn du gehst, laß meinen Walkman hier.«

»Jesse!« sagte Annie mahnend. »Das ist nicht die Art, in der Menschen miteinander umgehen!«

Jesse spürte die Schärfe in Annies Stimme; verlegen senkte er den Kopf. Er wußte, daß er zu weit gegangen war – und das ausgerechnet in Nadines Gegenwart. »Tut mir leid«, murmelte er.

Elvis grinste triumphierend, stand auf und ging zu Annie hinüber. Mit einem süßlichen, nicht ganz echten Lächeln sah er sie an.

»Hast du weißes Fleisch da?«

Annie lächelte. »Ich denke, du magst kein Hähnchen?«

»Na ja, du siehst wie eine gute Köchin aus, also mag ich's vielleicht doch.« Er erwiderte ihr Lächeln. »Meine Mom war eine Super-Köchin. Die fabrizierte im Handumdrehen das tollste Feinschmecker-Essen. Fischstäbchen, Hamburger und so. Und jeden zweiten Abend haben wir uns Pizza liefern lassen.«

Annie hörte dem Wortschwall mit höflicher Geduld zu. »Na, das hört sich ja gut an«, sagte sie dann. »Ich denke, ich bin auch eine ganz gute Köchin. Du brauchst nur Glen zu fragen, was er wog, als wir heirateten.«

Elvis ließ weiter seinen falschen Charme spielen. »Ich weiß auch so, daß du eine gute Köchin bist. Glens Wampe brauche ich mir gar nicht anzusehen, die kommt sowieso nur vom vielen Bier – wette ich.«

Jesse wechselte einen Blick mit Glen. Empört schüttelte Jesse den Kopf und zeigte deutlich, daß er den kleinen Spinner nicht ausstehen konnte. Auch Glen sah ziemlich verdattert aus.

Wortlos stand Jesse auf und verließ den Platz vor den Zelten.

»Hey!« rief Annie. »Du sollst mir doch mit dem Grill helfen!«

Er winkte ihr zu, ohne stehenzubleiben. Zielstrebig schlug er die Richtung zur Bucht ein.

»In einer Stunde wird gegessen!« rief Annie noch. Sie suchte Glens Blick und ließ ihn die Besorgnis in ihren Augen erkennen.

Elvis zog die Schultern hoch und grinste abfällig. »Der Junge muß mal was gegen seine Verhaltensstörungen tun.«

Das gab den Ausschlag.

Annie lief los.

Jesse hörte ihre Schritte hinter sich, und ein Gefühl der Wärme durchflutete ihn. Er war seiner neuen Mom trotz allem nicht gleichgültig; sie sorgte sich um ihn, auch wenn es eben den Anschein gehabt hatte, als würde sie Elvis-Pelvis vorziehen.

Trotzdem blieb Jesse erst stehen, als Annie seine Schulter erfaßte. Und trotzdem blieb er beleidigt. Vorläufig.

»Hey, Jesse«, sagte Annie sanft. »Alles in Ordnung?«

»Ja...«, antwortete er gepreßt, den Blick abgewandt.

»Aber irgendwas beschäftigt dich doch«, entgegnete sie hartnäckig.

»Ich mache mir Sorgen um Willy«, antwortete Jesse ausweichend. Als er merkte, daß Annie darauf nicht reagierte, hob er den Kopf, und es platzte aus ihm heraus: »Ich weiß nicht – dieser Knilch braucht doch bloß den Mund aufzumachen, und es kommt eine Lüge raus!«

Annie lächelte sanft; sie legte beide Hände auf Jesses Schultern und sagte besänftigend: »Er ist doch nur ein Kind, das Probleme mit sich selbst hat. Kannst du dich denn nicht daran erinnern, wie es bei dir war?«

»Ja, ich denke schon«, antwortete Jesse widerstrebend. »Aber es ist nur – ich meine, er sagt nie die Wahrheit! Dauernd quatscht er nur blödes Zeug – und du läßt dir das gefallen. Du glaubst ihm sogar noch.«

Annie hatte geduldig und verständnisvoll zugehört, und nun schüttelte sie kaum merklich den Kopf. »Ich *möchte* ihm glauben. Weißt du, er ist harmlos. Er ist doch nur ein Kind. Ich wünsche mir so sehr, daß du wenigstens versuchst, mit ihm Freundschaft zu schließen. Was ist denn schon groß dabei? Ein paar Wochen – das ist alles, worum ich dich bitte. Okay?«

Jesse schnaufte, dann ließ er sich von Annies Lächeln anstecken. »Okay, ich versuch's«, nickte er.

Annie blickte ihm nach, als er sich abwandte. Sie wußte, daß er erleichtert war. Sie wußte aber auch, wie wichtig es für ihn war, zum Anleger hinunterzulaufen und mit seinem Freund Willy Zwiesprache zu halten. Die Freundschaft mit Willy hatte Jesses neues Leben entscheidend geprägt.

10. Kapitel

Am frühen Abend war das Lagerfeuer vor den Zelten der Greenwoods Treffpunkt für die Familie und ihre Freunde. Die züngelnden Flammen und die prasselnden Holzscheite sorgten in der beginnenden Kühle für Gemütlichkeit. Es war noch hell. Im Westen stand der rotglühende Feuerball der sinkenden Sonne über dem Meer.

Glen hatte lange an dem Fernseher herumhantiert; jetzt gelang es ihm endlich, einen Sender klar hereinzubekommen.

Das Bild zeigte eine junge Reporterin am Rand des Bootshafens von Skagit Harbor. Im Hintergrund herrschte Gewühl. Menschen hasteten über die Anleger – zu den Booten, von den Booten weg. In den nahen Straßen waren Polizeifahrzeuge und Geländewagen zu sehen. Ein Patrouillenboot der Coast Guard verließ den Hafen, gefolgt von einem Schwarm privater Jachten, die zweifellos von Journalisten gechartert waren. Denn auf den Achterdecks waren die Gerätschaften von Fernseh-Kamerateams zu sehen.

Jesse, Nadine, Randolph und die Greenwoods blickten wie gebannt auf den Bildschirm. Sogar Elvis bequemte sich, einen trägen Blick hinzuwerfen.

»Die ›Largo‹ ist ein vierzig Jahre alter Tanker«, sagte die Reporterin in Skagit Harbor. Ihr Mikrofon war mit einem flauschigen Windschutz überzogen. »Von einem Behördenvertreter wurde das Schiff in einer ersten Stellungnahme als ›schwimmender Rosteimer‹ bezeichnet. Die ›Largo‹ fährt unter liberianischer Flagge und steht im Dienst der ›Siroco Oil Company‹. Vergangene Nacht, kurz nach Mitternacht, lief der Riesentanker auf das Riff vor Turner's Point. Über das Ausmaß des Schadens und insbesondere darüber, wieviel Öl in die Juan-de-Fuca-Straße ausgelaufen ist, gibt es noch keine bestätigten Informationen. Die Coast Guard und die Ölgesellschaft werden in diesen Minuten am Ort des Geschehens erwartet.« Die Reporterin schloß wie üblich: »Kelly Winter aus Skagit Harbor. Ich gebe zurück ins Studio, zu Keith Edwards.«

Das neue Bild zeigte den Moderator im Studio. Keith Edwards war ein gutaussehender dunkelhaariger Mann. Er trug einen eleganten dunkelblauen Anzug und stand seitlich vor einer wandhohen Landkarte. Darauf waren die Stadt Seattle und der Puget Sound zu sehen, ebenso die Olympic Mountains und die Juan-de-Fuca-Straße mit Vancouver Island auf der Nordseite. Auch die vielen Inseln im Sund waren gut zu erkennen.

»Vielen Dank, Kelly«, sagte Edwards. »Liebe Zuschauer, wir schalten jetzt um in unseren Hubschrauber und hoffen, Ihnen anschauliche Aufnahmen vom Schauplatz der Tanker-Katastrophe zeigen zu können.«

Das neue Bild flimmerte auf. Zuerst war nur eine Wasseroberfläche zu sehen, die mit ihren ebenmäßigen Wellen aussah wie ein Waschbrett. Der rötliche Glanz und das Schattenspiel der Wellen kündeten vom baldigen Sonnenuntergang. Nichts deutete darauf hin, daß die Natur dort draußen, unter dem schwirrenden Helikopter, zu Schaden gekommen sein könnte.

Doch dann schwenkte die Kamera hoch.

In dem neuen Aufnahmewinkel, seitlich aus der offenen Kabinentür des Hubschraubers, war am oberen Bildrand das silberne Flirren der kreisenden Rotorblätter zu sehen.

Im unteren Aufnahmebereich aber formte sich das Bild des Grauens.

Der Tanker lag mit starker Schlagseite, merkwürdig verformt, auf dem Riff.

Normalerweise hätte das Wasser die über die Oberfläche hinausragenden Felsen weiß gischtend umspült. Doch nichts dergleichen war zu sehen.

Nur eine schwarze, schillernde Masse, dick wie eine riesige Gummimatte.

Das Schwarz breitete sich nach allen Seiten aus. Deutlich war zu sehen, wie es wuchs und wuchs.

Hunderte von Yards hatte es sich bereits ausgedehnt.

Und es war kein Ende abzusehen.

Jesse stöhnte entsetzt auf. Fassungslos schüttelte er den Kopf. Hilfesuchend sah er Randolph an, der am Feuer saß und an einer Tasse Kaffee nippte.

Randolph ließ die Tasse sinken und erwiderte Jesses Blick. Das Gesicht des hochgewachsenen Indianers schimmerte bronzefarben im Flammenschein. Mit gesenkter Stimme erklärt er: »Wenn das Öl erst mal die Juan-de-Fuca-Straße erreicht, wird es von der Strömung dort erfaßt – und dann ist es in Null Komma nichts hier. Willy, Midnight und Kwatsi werden in der Bucht gefangen sein.«

»Das Öl kommt in unsere Richtung?« rief Jesse erschrocken.

Randolph nickte. »Wenn der Ölteppich nicht rechtzeitig eingedämmt wird, erreicht er Skagit Harbor schneller, als wir es uns vorstellen können.«

»Wann?« stieß Jesse atemlos hervor.

»Morgen abend, vermute ich. Vielleicht übermorgen.«

Glen meldete sich mit einer Handbewegung zu Wort. »Könnte man denn nicht die Mündung der Bucht mit Baumstämmen abschirmen? Dann wären die Orcas doch geschützt.«

»Gute Idee«, erwiderte Randolph. »Aber es sind nicht genug Baumstämme greifbar. Alles, was vorhanden ist, wird gebraucht, um den Ölteppich selbst einzugrenzen.«

»Aber es müssen doch zusätzliche Hölzer herangeschafft werden können!« rief Jesse.

»Sicher.« Randolph nickte abermals. »Stämme und Stangen werden mit Lastenhubschraubern und mit Kähnen transportiert.« Er umschloß die Kaffeetasse mit beiden Händen. »Es wäre das beste, wenn Willy und Kwatsi sich entschließen könnten, aus der Bucht zu schwimmen, bevor der Ölschlamm hier ist.«

Nadine nahm einen Stein und schleuderte ihn in den Wald, zum Wasser hin. »Diese verdammten Ölgesellschaften!« zürnte sie. »Oh, diese verdammten Ölgesellschaften!«

Die Dämmerung hatte mittlerweile eingesetzt. Unter den Baumkronen lagen bereits tiefe Schatten.

Unvermittelt sprang Jesse auf, horchte.

»He!« rief er. »Was ist denn da unten los?«

Und ohne eine Antwort abzuwarten, rannte er los, den Weg zur Bucht hinunter.

Auch die anderen hörten es jetzt.

Laute Stimmen. Geklapper von Gerätschaften. Motorengebrumm.

Nadine schnellte von ihrem Platz am Feuer hoch und folgte Jesse als erste. Elvis war der einzige, der wieder mal total desinteressiert und geistesabwesend dreinblickte.

Noch bevor er den Strand erreichte, ahnte Jesse, was lief.

Ein Teil des Ufers war in grellweißes Licht getaucht.

Jesse brauchte nicht zu raten, um herauszufinden, um welchen Teil des Ufers es sich handelte. Noch während er die letzten Yards zurücklegte, wurde ihm klar, daß sich auf dem Strand eine Fernseh-Crew einzunisten begann.

Und Midnight und Kwatsi waren die wehrlosen Objekte der Sensationsgier.

Obwohl er wußte, was ihn erwartete, prallte Jesse dennoch zurück, als er den Rand der baumlosen Uferzone erreichte. Nadine schloß zu ihm auf, und sekundenlang standen sie entgeistert da.

Eine Batterie von Standscheinwerfern tauchte Midnight und Kwatsi in gnadenloses Licht. Die beiden Orcas litten zusätzliche Qualen. Man brauchte nicht zweimal hinzusehen, um das zu erkennen.

Ansonsten herrschte das reinste Chaos. Stromaggregate dröhnten. Leute hasteten von den Senderfahrzeugen herbei, schleppten immer mehr Stative und Kameras an den Strand. Midnight und Kwatsi sahen sich schon jetzt von einem halbkreisförmigen Wald aus Scheinwerfern, Gestängen und Stativen umzingelt.

Nadine stieß Jesse an, zeigte auf das Getümmel. »Da – das ist Rich Morris!«

Jesse nickte nur. Wut kochte in ihm hoch. Er hatte den Kerl bereits erkannt. Morris war ein berühmter News-Moderator, um die Dreißig, und unglaublich kaltschnäuzig. Morris hatte einmal einen Selbstmörder vor dem Sprung vom Wolkenkratzer vor laufender Kamera interviewt. Der Mann war tatsächlich gesprungen. Es hatte hinterher nur wenige Beschwerden gegeben, weil Morris nicht versucht hatte, den Selbstmörder am Sprung zu hindern. Er hatte genau gewußt, was die große Mehrheit der Zuschauer hatte sehen wollen: den Sprung in den Tod.

Und hier, auf Skagit Island, wußte er es garantiert auch verdammt genau.

Sterbende Orcas.

Das war es. Nicht die Rettung der Wale interessierte Mr. Morris. Nein, der Sensationsgeier wollte sie krepieren sehen, und er wollte jede Einzelheit des qualvollen Sterbens auf die Bildschirme in den Wohnzimmern bringen.

Jesse riß der Faden. Er spurtete los, quer über den Strand. Es machte ihm nichts aus, ein Stativ umzureißen und den Kameramann fluchen zu hören.

Der Zorn verlieh Jesse gewaltige Kräfte. Er nahm die Ellenbogen zu Hilfe und bahnte sich seinen Weg. Und dann baute er sich breitbeinig vor Morris auf, der vorn in Herrscherpose seine Anweisungen gab.

»He!« schrie Jesse. »Was haben Sie hier zu suchen? Lassen Sie die Orcas in Ruhe! Gehen Sie wenigstens nicht so dicht ran!«

Morris maß ihn mit einem amüsierten Blick, von oben herab. »Wer bist du denn?« sagte er – ganz der große Star, der gezwungen wurde, seine Aufmerksamkeit auf Mister Nobody zu richten.

»Das geht Sie nichts an«, fauchte Jesse.

»Ach!« schmunzelte Morris überlegen. »Hast du hier denn irgendwas zu sagen?«

»Ja! Mehr als Sie! Viel mehr!«

Die anderen Mitglieder des Teams waren inzwischen aufmerksam geworden, und sie musterten den aufgebrachten Jungen mit der gleichen spöttischen Überheblichkeit wie ihr Boß.

Morris beachtete Jesse indessen nicht mehr. Der Star-Moderator wandte sich seinem Kameramann zu. »Ich brauche eine nette Nahaufnahme, was ganz Beeindruckendes, okay? Und dann gehst du in die Totale – für meinen Bericht.«

Der Kameramann nickte. Er drehte sich zu den Beleuchtern um und wies auf Midnights Kopf, wo der Ölschlamm besonders gut zu erkennen war. Sofort schwenkten die Männer die Scheinwerfer in die angegebene Richtung, und das gebündelte Licht traf Midnight mit geballter Kraft.

Jesse sah die Todesangst in ihrem geblendeten Auge. Er sah ihr Entsetzen und das Grauen, das die Menschen und ihre Lichtkeule in ihr auslösten.

Jesse hatte das Gefühl, vor Wut ausrasten zu müssen. Er schnappte sich einen der herumliegenden Eimer, schöpfte ihn voll Wasser und schleuderte es mit aller Kraft auf das Kamerateam.

Morris sprang fluchend zurück. »Was soll das!« brüllte er. »Und wer, zum Teufel, bist du überhaupt?«

Nadine kam herbeigelaufen, stellte sich neben Jesse. »Und wer, zum Teufel, sind Sie?« fuhr sie den Moderator an.

»Ich bin Rich Morris von Channel Seven News!« schnaubte der Fernsehmann. »Und ich mache hier meine Arbeit!« Er zeigte auf Midnight und Kwatsi. »Das sind Nachrichten für unsere Zuschauer!«

»Ich bin Jesse Greenwood«, sagte Jesse. »Und ich mache *meine* Arbeit!« Er dachte nicht daran, seine Wut zu unterdrücken.

Nadine war nicht weniger erbost als Jesse, doch sie wußte auch, daß er vor nichts zurückschrecken würde. Und das konnte Ärger geben, auch wenn die Fernsehleute noch so sehr im Unrecht waren.

Deshalb war Nadine froh, daß in diesem Moment Randolph und Dr. Haley auftauchten.

Randolph schob sich vor Jesse und sah dem Moderator furchtlos in die Augen. »Gentlemen, ich bin Randolph Johnson vom Orca-Institut. Es hilft nichts, Sie müssen weiter zurück. Das Gesetz schreibt vor, daß Menschen von Orcas dreißig Yards Abstand halten müssen.«

»Ja!« rief Nadine. »*Mindestens* dreißig Yards!«

Morris' Augen verengten sich. »Wer ist hier der Verantwortliche?« zischte er. »Das will ich jetzt erst mal wissen!«

Kate Haley hob die Hand, als sie auf ihn zutrat. »Ich bin Dr. Haley. Ich arbeite ebenfalls für das Orca-Institut.« Sie wies auf den höher gelegenen Teil des Strands. »Ich schlage vor, wir gehen da hinüber. Sie erfahren dann von mir alle Einzelheiten über den augenblicklichen Stand der Dinge.«

Morris' Miene hellte sich auf. »Einverstanden«, sagte er. »Das ist großartig.« Er gönnte der Veterinärin ein dankbares Lächeln und wandte sich seinen

Leuten zu. »Okay, geht dreißig Yards zurück und baut neu auf! Ich bin gleich bei euch.« Er drehte sich zu Jesse um. »Ich bin nicht dein Feind, mein Junge.«

»Na ja...« Jesse wurde verlegen. Er deutete auf Midnight und Kwatsi. »Die beiden sind ziemlich krank, und das letzte, was sie jetzt brauchen, sind Kameras und Scheinwerfer.«

In den Augen des Fernsehmannes zeigte sich Verständnis, als er Jesse auf die Schulter klopfte und sich dann zum Gehen wandte.

11. Kapitel

Bei den Wohnmobilen und Zelten am Rand der Bucht war noch keine Ruhe eingekehrt. Lichter und Lagerfeuer erhellten die rauhe Umgebung. Das Camp der Schaulustigen schien noch immer anzuwachsen.

Jesse ging auf den Bootsanleger hinaus, bis ans Ende. Dort kniete er sich hin, beugte sich vor und patschte mit der flachen Hand aufs Wasser. Er brauchte nicht lange zu warten.

Hustend und eine Atemwolke ausstoßend, schwamm Willy herbei. Nahe am Steg hob er den Kopf aus dem Wasser – wie so oft, damals, im Northwest Vergnügungspark.

Und wie damals streichelte Jesse seinen Kopf und

rieb ihm die Zunge, als er das Maul öffnete. Leise sprach er mit ihm.

»Hallo, Kumpel! Wie geht's dir denn? Das ist ein schöner Mist, was?«

Willy krächzte und blies spuckend Atemluft aus.

»Diese Medizin hilft wohl überhaupt nicht«, meinte Jesse. »Ich würde dir ja ein paar Riesen-Aspirin geben, wenn ich welche hätte.«

Nadine kam herbei und kniete sich neben Jesse. »Wie geht es ihm?« erkundigte sie sich leise.

»Keine Ahnung«, antwortete Jesse achselzuckend. »Aber wenigtens liegt er nicht auf den Steinen.«

»Eines verstehe ich nicht«, sagte Nadine nachdenklich. »Warum waren sie so dumm, in der Nähe des Tankers zu bleiben, bis dem das ganze Öl ausgelaufen ist?«

Jesse sah sie an. »Wahrscheinlich hatten sie lange vorher getaucht, und sie schwammen unter Wasser mitten in die Katastrophe hinein, ohne es zu ahnen. Und als sie dann auftauchten, um Luft zu holen, da waren sie mitten in dem Ölschlamm. Ich meine, die Gewässer hier sind ihr Zuhause. Da können sie doch hingehen, wohin sie wollen.«

Nadine preßte die Lippen zusammen und nickte versonnen. »Bestimmt haben sie Hunger«, meinte sie nach einer Weile. »Ob sie wohl fressen würden? Zum Beispiel Lachs, wenn wir welchen besorgen?«

»Willy vielleicht«, erwiderte Jesse. »Er war früher dran gewöhnt, tote Fische zu fressen. Aber Midnight und Kwatsi werden es wahrscheinlich nicht tun.«

»Versuchen wir es morgen.«

»Okay.«

Nadine berührte Jesses Arm. Ihre Blicke trafen sich.

Schlagartig spürte Jesse sein Herz ganz oben im Hals. Er errötete; Hitze stieg in ihm auf, und er kam sich vor wie eine glühende Tomate.

»Ihre Mutter ist wahrscheinlich verrückt vor Sorge«, sagte Nadine.

Jesse mußte sich räuspern. Trotzdem hatte er noch ein Regiment Frösche im Hals, als er antwortete: »Ja, sie brauchen ihre Mutter – vor allem Kwatsi.«

Nadine sah Willy gedankenverloren an. »Ich habe furchtbare Angst davor, daß sie hier in der Bucht sterben könnten – mit Öl bedeckt – so schlimm, daß sie dann irgendwann nicht mehr atmen können.«

Jesse blickte auf das dunkle Wasser hinaus, dann war er wieder imstande, Nadine anzusehen. »Davor habe ich auch Angst. Aber morgen werden wir wissen, ob das Medikament hilft.«

Nadine zog ihre Hand zurück. Jesse versuchte ein Lächeln. In diesem Moment äußerster Verlegenheit kam Willy ihm zu Hilfe, indem er das Maul weit öffnete. Jesse ergriff die Gelegenheit beim Schopf, beugte sich vor und rieb Willys Zunge.

»Das mag er besonders gern«, erklärte er leise.

»So ähnlich wie die Felsen, an denen sie sich reiben.« Er sah Nadine verschmitzt an. »Da draußen muß ja jede Menge Reiberei stattfinden, was?«

Nadine lachte leise, obwohl ihr wegen der Sorge um Midnight, Kwatsi und Willy ganz und gar nicht danach zumute war.

Als Jesse den Zelteingang beiseite schlug, lag Elvis auf seiner Luftmatratze und knipste die Taschenlampe an und aus. Jesse schloß das Zelt, zog die Jacke aus und hockte sich auf die Kante seiner Matratze.

»Ja, also ...«, begann er und rief sich fortwährend Annies Ermahnungen in Erinnerung. »Danke für deine Hilfe heute morgen.«

»Vergiß es, Playboy. Aber vergiß bloß nicht, daß du mir was schuldig bist.«

»Mhm«, murmelte Jesse.

»Sie hat einen hübschen Körper.«

»Wer?« Jesse hob den Kopf.

Elvis grinste. »Nadine. Machst du's mit ihr?«

Jesse stand schlagartig senkrecht. Drohend blickte er auf den unverschämten Knilch hinab. »Ich warne dich! So redest du nicht mit mir!«

Elvis zeigte auf die Linie am Boden. »Paß auf, daß du nicht auf meine Seite kommst. Klar?«

»Du bist ein verkommener kleiner Halunke«, zischte Jesse. »Ich sag' dir, wo du hingehörst: auf die Straße! Nirgendwo sonst.« Abrupt wandte er sich dem Zelteingang zu.

»Hey, Jesse!« rief Elvis ihm nach. »Sie hat dich nie

erwähnt. Sie hat nicht ein einziges Mal über dich gesprochen. Es ist, als ob du gar nicht existiert hättest!«

Jesse drehte sich noch einmal um. »Spätestens in zwei Wochen bist du weg. Sayonara, Baby!«

Er rannte hinaus und sah daher nicht, wie Elvis die Grenzlinie am Zeltboden noch ein bißchen mehr verwischte.

Annie und Glen, die am Lagerfeuer saßen, blickten erstaunt auf, als Jesse an ihren vorbeilief. Er bemerkte sie nicht, so wütend war er.

»Das funktioniert nie!« rief er, während er rannte. »Nie!« Und schon war er wieder zum Strand unterwegs.

Annie und Glen wechselten einen Blick – voller Besorgnis.

Jesse schlief tief und fest in dieser Nacht. Als er in der Morgendämmerung erwachte, konnte er sich an keinen Traum erinnern, wohl aber an den vergangenen Abend. Er hatte allein auf dem Bootsanleger gesessen, und Willy war die ganze Zeit in seiner Nähe gewesen. Jesse hatte dem treuen Freund all seine Sorgen erzählt, und ihm war dabei leichter ums Herz geworden.

Schon damals im Northwest Vergnügungspark hatte er das Gefühl gehabt, daß Willy auf eine besondere Weise viel mehr verstand als ein Mensch. Zwar hatte er seine eigene Sprache, aber er konnte einem trotzdem Dinge zu verstehen geben.

Zum Beispiel, daß man Selbstvertrauen haben mußte und daß nichts so schlimm war, wie es im ersten Moment aussah.

Aber galt das auch für die Ölkatastrophe?

Galt es für den Zustand von Midnight und Kwatsi?

Und letztlich: Galt es für Elvis?

Jesse schälte sich aus seinem Schlafsack und stellte fest, daß der kleine Störenfried noch schlief. Das war der einzige Zustand, in dem er harmlos aussah. Aber wahrscheinlich träumte er irgendwelche niederträchtigen Sachen – wie er andere Menschen beleidigen konnte und wie er an Zigaretten herankam, beispielsweise.

Leise öffnete Jesse das Zelt. Er gähnte herzhaft und reckte sich in der frischen Morgenbrise. Der Geruch von Salzwasser lag in der Luft, ebenso der Duft von Baumharz und wilden Blumen.

Da war kein Gestank von Rohöl.

Nichts deutete auf die Katastrophe hin, die sich anbahnte. Und doch würde sie geschehen. Jesse erinnerte sich an den Schreck, den ihm die Fernsehaufnahmen aus dem Hubschrauber eingejagt hatten. Nur zu gut konnte er sich vorstellen, wie es die Meerestiere traf, die in den mörderischen Ölteppich gerieten. Wo es sich ausbreitete, erstickte das Öl jegliches Leben auf Jahre hinaus.

Auf dem Campingplatz war es noch ruhig. Nur wenige Frühaufsteher waren auf dem Weg zum Waschraum.

Jesses erster Weg führte zu der Stelle, von der aus er die Bucht überblicken konnte.

Zuerst sah er nur den Trubel, der dort unten herrschte. Die Zelte und Wohnmobile waren über einen weiten Teil des Strandes verstreut. Etwas abseits, auf der einen Seite, standen ein Streifenwagen der Polizei und die Kastenwagen der Nachrichtensender. Ein weiterer Van rollte am Campinglatz vorbei und erreichte schaukelnd die Zufahrt zur Bucht.

Jesse konnte nicht fassen, daß die Menschen so einen Rummel veranstalteten. Kopfschüttelnd lenkte er den Blick zum Strand.

Und er glaubte zu träumen.

Midnight und Kwatsi waren verschwunden.

Verschwunden?

Ungewollt sperrte Jesse den Mund auf.

Und dann sah er sie.

Drei Rückenflossen!

Jesse schloß die Augen, öffnete sie wieder und wiederholte es zweimal. Dann wußte er mit absoluter Sicherheit, daß er *nicht* träumte und daß es auch keine Sinnestäuschung war.

Du lieber Himmel, es waren tatsächlich Willy, Midnight und Kwatsi, die dort Seite an Seite im flachen Wasser der Bucht schwammen. Sie bliesen Atemwolken aus und ließen sich treiben. Zwar machten sie immer noch einen trägen und teilnahmslosen Eindruck, aber es war schon ein Riesenfortschritt, daß Midnight und Kwatsi nicht mehr auf den Felsen lagen.

Jesse stieß einen Freudenschrei aus und rannte los. Weil er den direkten Weg durch den Wald nahm, war er schneller als der Van, der noch über die Zufahrt rumpelte.

Jesse erreichte den Anleger. Während seine Schritte auf die Planken trommelten, pfiff und rief er abwechselnd.

Noch im Laufen sah er, daß Willy sofort auf den Anleger zuschwamm. Kwatsi folgte ihm. Midnight war etwas langsamer und blieb ein Stück zurück. Es mußte sie ungeheure Anstrengung gekostet haben, sich von den Felsen zurück ins Wasser zu schieben.

»Hey, ihr seht aber schon viel besser aus!« rief Jesse, noch bevor er das Ende des Anlegers erreichte.

Dann kniete er sich auf die Kante und klatschte mit der flachen Hand auf das Wasser.

Willy schwamm sofort herbei. Wie gewohnt, streckte Jesse den Arm aus und streichelte den mächtigen Kopf seines Freundes.

»Da bist du aber froh, daß deine Geschwister wieder bei dir sind, was?« Jesse strahlte. »Hast du etwa deiner Schwester geholfen, von den Felsen runterzurutschen?«

Willy gab ein beinahe fröhliches Quietschen von sich.

Jesse verstand es als ein »Ja«. Er besaß Dokumentar-Videos darüber, wie Orcas zu zweit oder in Rudeln Jagd auf Robben machten. Dazu mußten die Wale nahe an die Robbenstrände heran, und es kam schon mal vor, daß einer sich zu weit vorwagte. Dann waren sein Jagdgefährte oder die Mitglieder des Rudels zur Stelle, um ihm zu helfen. Möglicherweise war diese Art der Hilfeleistung ein Urinstinkt, über den auch Willy verfügte.

Inzwischen hatte auch der Van den Rand des Strandes erreicht. Dr. Kate Haley begrüßte die Neuankömmlinge, als sie aus dem neunsitzigen Großraumwagen stiegen. Die Veterinärin war hocherfreut über die Verstärkung, die sie nun erhielt.

Jesse hatte die Stimmen gehört und sich umgedreht. Er war froh, Dr. Haley zu sehen. Von den Fachleuten in ihrer Begleitung hatte Randolph ihm bereits erzählt. Dr. Richard Abrams war Mitte Vierzig, ein kräftig gebauter Mann, der einen energiegeladenen Eindruck machte. Dr. Fleming Geller war etwa sechzig Jahre alt und sah exakt so aus, wie man sich einen Wissenschaftler vorstellte. Der Rest der Gruppe aus dem Van waren jüngere Assistentinnen und Assistenten.

Jesse ging Dr. Haley und ihren Begleitern entgegen.

Vom Campingplatz her kamen inzwischen auch Annie, Glen, Randolph und Nadine gelaufen. Sie schlossen sich der Gruppe der Fachleute an.

»Midnight und Kwatsi sind von den Felsen herunter!« rief Jesse zur Begrüßung. »Es geht ihnen schon viel besser.«

»Das ist ja wunderbar«, freute sich die Veterinärin. »Die Antibiotika haben also geholfen.« Sie machte einen Schritt zur Seite und wandte sich halb zu den anderen um, die Jesse wohlwollend-interessiert musterten. »Jesse, dies sind einige meiner hochrangigen Kollegen. Sie sind hergekommen, um zu helfen. Dr. Abrams ...« Mit einer Kopfbewegung deutete sie auf den jüngeren Wissenschaftler, »... ist bei der Staatlichen Fischerei-Behörde, und Dr. Geller vertritt die Nationale Föderation für Meeressäugetiere und Fische.« Sie unterbrach sich und fuhr lächelnd fort, »und wahrscheinlich hat er zu bestimmen, was hier letzten Endes geschehen wird.«

Dr. Abrams und Dr. Geller begrüßten Jesse mit Händeschütteln und freundlichen Worten, und die Assistenten folgten dem Beispiel ihrer Vorgesetzten.

Dr. Geller wandte sich an die Tierärztin vom Orca-Institut: »Kate, bitte machen Sie uns mit dem aktuellen Stand der Dinge vertraut. Und lassen Sie keine Einzelheit aus.«

Dr. Haley nickte. »Dem heranwachsenden weiblichen Tier habe ich gestern nachmittag gegen vier Uhr fünfhundert Einheiten Methotrexat gegeben. Zu der Zeit war sie gestrandet. Das Kalb befand sich im flachen Wasser: ihm habe ich dreihundert Einheiten verabreicht.« Sie zeigte zum Ende des Anlegers, wo Willy den Kopf aus dem Wasser reckte, als wollte er die Gespräche mitverfolgen. »Der andere Heranwachsende hat hundert Einheiten erhalten.«

Die Wissenschaftler nickten nachdenklich, verarbeiteten das Gehörte.

»Haben wir es mit Ölvergiftung zu tun?« Dr. Geller blickte in die Runde.

»Ich habe auf Lungenentzündung getippt«, sagte Dr. Haley.

Dr. Abrams räusperte sich. »Wieviel Zeit haben wir?«

Randolph gab die Antwort: »Der Ölteppich könnte die Bucht heute abend erreichen, spätestens aber morgen früh. Baumstämme sind übrigens hierher unterwegs.«

Dr. Geller blickte auf seine Armbanduhr und sah dann die anderen an. »Dann haben wir nur den heutigen Tag, um die Orcas aus der Bucht herauszubekommen.«

Die Zuhörer nickten bekräftigend und setzten dazu besorgte Mienen auf.

Jesse wechselte einen Blick mit Nadine und spürte, daß sie das gleiche dachte wie er. Das Gespräch der Erwachsenen schloß sie, die beiden Jugendlichen, bewußt aus. Wenn sie ihre hochwissenschaftlichen Theorien erörterten, wollten sie die in ihren Augen ahnungslosen Jüngeren nicht daran teilhaben lassen.

Jesse lächelte. Nadine erwiderte sein Lächeln. In der Tat, in diesem Punkt hatten sie gleichartige Erfahrungswerte: Erwachsene taten manchmal verdammt hochtrabend. Als Jugendlicher konnte man sich dann des Verdachts nicht erwehren, daß sie es absichtlich taten, um gesprächsmäßig unter sich zu sein und den »Kleinen« ihre Überlegenheit zu demonstrieren.

»Es ist jetzt sieben Uhr«, sagte Dr. Geller. »Ich würde vorschlagen, wir geben ihnen eine hohe Dosis Antibiotika, und zwar alle zwei Stunden – bis drei Uhr nachmittags.«

Dr. Haley nickte zustimmend. »Ich hatte bereits an fünfhundert Einheiten Pathocil gedacht, außerdem fünfhundert Einheiten Kefzoi und die gleiche Dosis Mycifraden. Wenn wir Glück haben, werden sie dann noch am Nachmittag darauf reagieren.«

»Das hört sich gut an«, meinte Dr. Abrams.

»Für das Kalb könnten wir Taucher einsetzen«, fügte Dr. Geller hinzu. »Und vielleicht wäre es das beste, mit einem kleinen Boot an die Heranwachsenden heranzufahren, um ihnen die Injektionen zu geben.«

Während die Zuhörer darüber nachdachten, entstand eine Pause. Nadine räusperte sich und sagte laut und vernehmlich:

»Sie brauchen kein Boot und keine Taucher. Jesse bringt die Orcas dazu, hier an den Anleger zu kommen.«

Alle Blicke richteten sich auf Jesse.

Stolz straffte er seine Haltung, und er hoffte inständig, daß er nicht rot wurde. Denn am meisten freute ihn das Vertrauen, das Nadine in ihn setzte. Vielleicht bewunderte sie ihn sogar wegen seines engen Verhältnisses zu den Orcas.

»Am besten zeigst du es uns, Jesse«, sagte Dr. Haley freundschaftlich.

Bereitwillig ging Jesse ans Ende des Stegs. Die Fachleute versammelten sich im Halbkreis hinter ihm, und er rief Willy auf die gewohnte Weise.

»Hey, Willy, alter Kumpel! Komm doch mal eben rüber!«

Wie ein lautloses, stromlinienförmiges U-Boot ging Willy an der Schmalseite des Anlegers langsam längsseits. Kwatsi schwamm neben ihm, auf der zur Bucht gewandten Seite. Jesse beugte sich vor und streichelte seinen Kopf.

»Er ist über und über mit diesem Ölschlamm bedeckt«, sagte Jesse und drehte sich dabei zu den Experten um. »Sogar in den Augen hat er das Zeug.«

Dr. Abrams, Dr. Geller und Dr. Haley gingen neben Jesse in die Knie, und Willy hatte nichts dagegen, sich von den beiden Männern und der Frau untersuchen zu lassen. Als sei es selbstverständlich, wurde Jesse auch diesmal von ihrem Gespräch ausgeschlossen.

Dr. Abrams deutete auf Willys Atemloch. Dicker Schleim sickerte heraus.

»Hören Sie sich den Atem an«, sagte Dr. Abrams.

»Sehr mühsam«, bestätigte Dr. Geller. »Ich meine, wir sollten die Dosis erhöhen – auf tausend Kubikzentimeter für jeden Orca.«

Dr. Abrams und Dr. Haley waren einverstanden. Die jungen Assistenten hatten bereits begonnen, die erforderlichen Spritzen vorzubereiten.

Jesse wechselte einen Blick mit Nadine, und wieder gab es ein schweigendes Einverständnis zwischen ihnen: Willy und seine Geschwister durften auf keinen Fall gequält oder verängstigt werden. Was Willy betraf, so würde es keine großen Probleme geben. Schwieriger würden die Injektionen bei Kwatsi und Midnight werden.

Jesse wandte sich den Experten zu. »Möchten Sie, daß Willy die Fluke hebt?«

Dr. Abrams sah ihn überrascht an, als wollte er sagen: *Was redest du so großspurig daher, Kleiner! Ausgerechnet du willst einen Orca dazu bringen, seine Schwanzflosse zu heben? Lächerlich!* Doch der Fachmann von der Fischereibehörde erinnerte sich offenbar daran, daß Willy dem »Kleinen« ja gerade vor zwei Minuten aufs Wort gehorcht hatte.

Deshalb sagte Dr. Abrams: »Ja, nett von dir, mein Junge. Vielen Dank!«

Jesse nickte, richtete sich auf und bat alle Anwesenden, etwas zurückzutreten. Dann wandte er sich seinem Freund zu. »Okay, Willy, du kennst die Prozedur. Zeit für ein bißchen Medizin.«

Jesse gab das Zeichen, und Willy hob die Fluke – langsam und bereitwillig, so daß sie sich unmittelbar neben der Stegkante befand. Einer der Assistenten eilte herbei und setzte die Spritze.

Willy ließ die Schwanzflosse wieder sinken. Er schien die Injektion nicht einmal gespürt zu haben.

»Und was ist mit dem Kalb?« fragte Dr. Geller. »Und mit dem anderen Heranwachsenden?«

»Ich kann es versuchen«, antwortete Jesse. »Vielleicht macht er es Willy nach.«

Auf der Stegkante kniend, rief Jesse den kleinen Orca behutsam, mit gedämpfter Stimme. Willy wich bereitwillig zur Seite; er schien sofort zu verstehen, was sein Freund vorhatte.

»Hier, Kwatsi!« lockte Jesse. »Hierher, kleiner Mann! Zeig mir deine Fluke! Genauso, wie es dein großer Bruder gerade getan hat!«

Alle hielten den Atem an.

Im nächsten Augenblick ging ein leises Raunen durch die Zuschauerschar.

Kwatsi schwamm langsam auf Jesse zu und ...

... hob den Kopf!

Kwatsis Ein- und Ausatmen war jetzt deutlicher zu hören, ebenso sein Röcheln und Krächzen. Das Atmen mußte ihm unendliche Mühe bereiten.

Jesse streckte die Hand aus.

Und tatsächlich ließ der kleine Orca sich streicheln.

»Na, mein Kleiner?« sagte Jesse sanft. »Du bist ganz schön krank, was? Aber du kannst mir vertrauen – weil du weißt, daß Willy mir vertraut. In Ordnung?«

Auf Jesses Handzeichen näherte sich einer der Assistenten vorsichtig mit der vorbereiteten Spritze.

»Kannst du ihn dazu bringen, daß er einen Flipper hochhält?« flüsterte der Assistent. »Dann könnte ich ihm die Spritze geben.«

»Ich weiß es nicht«, antwortete Jesse leise. Laut

sagte er, zu Kwatsi gewandt: »Na, komm schon, kleiner Freund, mach schon...« Während er sprach, ließ er seine Hand weiter über Kwatsis Körper gleiten.

Und er erreichte die Brustflosse.

Langsam hob er sie aus dem Wasser.

Kwatsi ließ es wie selbstverständlich geschehen.

Der Assistent arbeitete schnell und sicher. Gleich beim ersten Versuch traf er mit der Nadel eine Vene in Kwatsis Flipper. Langsam drückte er den Kolben der Spritze herunter.

Kwatsi atmete ein.

Dr. Haley kniete ganz in der Nähe, um Kwatsis Atemfrequenz kontrollieren zu können. Die Veterinärin zählte: »Eins, eintausend – zwei, eintausend – drei, eintausend...«

Kwatsi atmete aus.

Plötzlich tauchte sie unter die Oberfläche, und wie es den Anschein hatte, sank sie rasch tiefer.

»Das sieht nicht sehr gut aus«, murmelte Dr. Haley betroffen.

Alle hielten den Atem an.

Jesse war ratlos; auf Nadines besorgten Blick hin konnte er nur die Schultern hochziehen.

Sekunden vergingen. Endlose Sekunden. Kwatsi tauchte nicht wieder auf. Seine weißen Körperpartien waren unter Wasser zu erkennen. Er sank immer tiefer.

Jesse verspürte wachsende Besorgnis. Den Experten erging es nicht anders, doch Jesse fühlte sich verantwortlich. Er hatte Kwatsi dazu gebracht, sich die Injektion verpassen zu lassen. Aber kein einziger der sogenannten Fachleute hatte vorhergesehen, daß der junge Orca einen schockartigen Atemstillstand erleiden würde.

Jesse beugte sich über das Wasser. »Atme, Kwatsi!« rief er flehend. »Atme!«

Nadine kniete sich neben ihn, unterstützte ihn. »Kwatsi!« flüsterte sie. »Nun mach schon! Mach einen tiefen Atemzug!«

»Kwatsi!« rief Jesse. Er richtete sich auf, zog die Schuhe aus und war im Begriff, ins Wasser zu springen. Da glitt Willy herbei.

Jesse stand da und staunte. Und auch Nadine und der Rest der Zuschauer konnten kaum glauben, was geschah.

Willy tauchte mit geradezu lässiger Eleganz. Er erreichte Kwatsi rasch, schob seine Nase unter den Bauch des kleinen Bruders und hob ihn mit ruckenden Bewegungen an.

Kwatsi durchbrach die Wasseroberfläche und atmete aus. Seine Atemwolke erschien den Anwesenden als ein Zeichen der Erlösung. Und dann atmete Kwatsi ein – mühsam zwar, aber um so deutlicher hörbar.

Jesse ging wieder in die Knie, und Willy schwamm herbei, wie um sich seinen Lohn abzuholen. Jesse streichelte ihn.

Auch Kwatsi kam an den Steg und ließ sich von Nadine streicheln.

Die Zeugen des Geschehens atmeten auf.

»Das ist mein Willy!« rief Jesse stolz. »Ein cleverer Bursche!«

Nadine wisperte dem kleinen Orca zu: »Kwatsi, du mußt jetzt durchhalten, verstehst du! Du mußt es schaffen, Kleiner!«

Hinter ihnen blickte Dr. Geller auf seine Armbanduhr. »Also dann«, sagte er. »Kümmern wir uns jetzt um den anderen Heranwachsenden, und dann versammeln wir uns hier wieder um zwei Uhr, um den Plan wie vorgesehen durchzuführen.«

Jesse drehte sich um. Er sah Annie und Glen ein Stück entfernt, am Rand der kleinen Menschenansammlung. Jesse mußte sich anstrengen, um Worte zu finden – und vor allem: um höflich zu bleiben.

»Was für ein Plan?« rief er.

Dr. Geller lächelte mild – und geistesabwesend. Er blickte durch Jesse hindurch.

»Was gibt's denn zum Frühstück?« erkundigte sich der Fachmann von der Nationalen Föderation für Meeressäugetiere und Fische. »Ich fange langsam an zu verhungern!«

Doch niemand antwortete ihm, denn alle Blicke richteten sich gerade in diesem Moment auf den Strand.

Dort tat sich etwas.

12. *Kapitel*

Eine weitere Gruppe von Leuten marschierte auf den Anleger. Doch diese Gruppe unterschied sich auffällig von den eher leger gekleideten Wissenschaftlern.

Die eben Eingetroffenen sahen aus, als wären sie direkt von der Wall Street eingeflogen worden: elegante Anzüge in dezenten Grau- oder Blautönen, Handys, Aktenkoffer, Rolex-Armbanduhren. Der Anführer der Gruppe war bereits in mehreren Fernsehsendungen aufgetreten.

Der Mann hatte silbergraues Haar, war etwa Mitte Fünfzig und mußte ein starker Raucher sein. Denn selbst hier, in der noch fast unberührten Natur von Skagit Island, hielt er eine brennende Zigarette in der Hand.

Der Mann hieß Stanton Milner und war einer der Manager der »Siroco Oil Company«. Die elegant Gekleideten in seinem Schlepptau waren sein persönlicher Stab.

Auf Jesse und Nadine machte Milner einen unsympathischen Eindruck. Ein richtig aufgeblasener Kerl. Elvis paßt zu dem, dachte Jesse. Die könnten sich zusammentun und einen Glimmstengel nach dem anderen paffen.

Als Milner und seine Leute näher kamen, wurden Jesse und Nadine beiseite gedrängt. Wieder waren sie nur Statisten.

Milner schüttelte eine Hand nach der anderen und stellte sich vor: »Stanton Milner, geschäftsführender Vizepräsident von Siroco Oil und zuständig für Öffentlichkeitsarbeit. Wenn es irgend etwas gibt, das ich tun kann – lassen Sie es mich wissen! Genau deshalb bin ich nämlich hier.«

»Baumstämme«, sagte Dr. Haley sofort. »Unter Umständen müssen wir die Bucht abriegeln, falls die Orcas auf die medikamentöse Behandlung nicht ansprechen.«

»Wir arbeiten Tag und Nacht daran«, antwortete Milner mit öligem Lächeln. »Wir schaffen die Baumstämme her. Sie können sich auf mich verlassen.«

Dr. Haley ließ nicht locker. »Können wir davon ausgehen, daß Sie die Kosten dieser Maßnahme übernehmen?«

»Aber selbstverständlich!« schleimte Milner. »Das ist doch überhaupt kein Problem.« Sein Lächeln wurde zu einem kumpelhaften Grinsen. »Gibt's schon genaue Zahlenvorstellungen?«

Nadine konnte es nicht mehr hören. Zornig bahnte sie sich ihren Weg, bis sie direkt vor dem Öl-Manager stand.

»Geld!« rief sie erbost. »Das ist alles, woran Sie denken können! Es wird eine Trillion Dollar kosten! Was glauben Sie denn! Sie haben gar nicht genug Geld, um alles wieder in Ordnung zu bringen! Was ist mit den Tieren, die Ihr Öl getötet hat und noch töten wird? Was ist mit den Stränden, die das Öl zerstört?«

Milner lächelte väterlich-herablassend. Er blies eine Wolke von Zigarettenrauch aus. »Du hast ja so recht, kleine Lady. Genau deshalb sind wir hier.«

»Ich bin keine Lady!« fauchte Nadine. »Und klein bin ich schon gar nicht!«

Und ehe irgend jemand reagieren konnte, schnellte sie auf den Öl-Manager los.

Ihr pantherhafter Sprung traf ihn völlig überraschend.

Milner stieß einen erschrockenen Grunzlaut aus, stolperte rückwärts und ruderte haltsuchend mit den Armen. Die Zigarette zwischen seinen Fingern beschrieb Glutkreise. Und sein gesamter Stab war viel zu verdattert, um rechtzeitig einzugreifen.

Mit einem Wutschrei segelte Milner rücklings über die Stegkante. Klatschend, der Länge nach, tauchte er ein. Weiß gischtend stieg das Wasser empor, ehe es über ihm zusammenschlug.

Blubbernd und gurgelnd, mit Armen und Beinen wild um sich schlagend, kam er wieder an die Oberfläche.

»Sehen Sie sich erst mal an, was Sie angerichtet haben, Sie Halunke!« schrie Nadine. Dann warf sie sich herum und rannte den Anleger entlang, landwärts.

Erst jetzt kamen Milners Mitarbeiter in Bewegung. Doch keiner sprang ihm nach. Von der Stegkante aus versuchten sie, ihn zu erwischen, wie er Wasser schluckend und hustend und spuckend heranpaddelte.

Jesse grinste beeindruckt.

Und er beeilte sich, Nadine zu folgen.

Wie von Sinnen rannte sie den Hang hinauf, erklomm die felsige Anhöhe abseits des Weges und erreichte den baumbewachsenen Teil des Hügels. Jesse hatte Mühe, aufzuschließen. Nadine legte ein beträchtliches Tempo vor, als sie durch die Baumreihen hastete. Er sah, daß sie weinte. Endlich, am Waldrand, blieb sie stehen.

Schweigend trat Jesse neben sie.

Der Ausblick schnürte ihnen beiden die Kehle zu.

Unter ihnen, zu ihren Füßen, waren die Bucht und der halbmondförmige Strand – mit dem Menschenauflauf. Vor allem auf dem Anleger herrschte Gewühl.

»Sieh mal«, krächzte Jesse und mußte sich heftig räuspern, um überhaupt weitersprechen zu können. »Sie haben den Ölscheich aus dem Wasser gezogen.«

Milner lag auf den Planken des Stegs wie ein großer, klitschnasser Käfer, umrundet von seinen Leuten.

Nadine versuchte zu lachen. Aber es mißlang und hörte sich mehr an wie ein Schluchzen. Sie rang mit sich selbst, versuchte, sich unter Kontrolle zu bringen.

Jesse kannte den Grund, ohne fragen zu müssen. Denn der Blick reichte von der bewaldeten Anhöhe weit hinaus auf die Meerenge. Die Sicht war ausgezeichnet, kein Morgennebel verschleierte etwas.

Es war beklemmend.

Die »Largo« lag auf dem Riff, mit noch stärkerer Schlagseite und merkwürdig verformt, wie ein Tier, dem grausame Schlächter die Knochen zertrümmert hatten. Eine große Flotte von Fischerbooten brachte Baumstämme und kleinere Hölzer zu Wasser. Auch spezielle Netze waren zu sehen, wie sie zum Eindämmen kleinerer Ölteppiche verwendet wurden. Mehrere Hubschrauber schwirrten über dem Havaristen; die Rotoren der Maschinen flirrten und glitzerten wie Libellenflügel. Und unablässig hielten tieffliegende Flugzeuge auf die Unglücksstelle zu.

Nadine atmete tief durch, um ruhiger zu werden. »Was für eine Katastrophe!« sagte sie mit bebender Stimme. »Die Natur wird für immer zerstört sein.«

Jesse hätte sie gern in die Arme geschlossen, doch er war so verlegen wie nie zuvor in seinem Leben. »Es wird schon wieder werden«, sagte er, und im selben Moment haßte er sich dafür, wie lahm es klang.

Nadine schien ihn aber ohnehin nicht gehört zu haben. »Vögel...«, flüsterte sie. »Otter – Robben – die Brutplätze – alles vernichtet!« Sie schniefte.

Jesse schlug seine Jacke auf, und in diesem Moment war es einfach selbstverständlich, was er tat. Er griff in die Brusttasche seines Hemds, und mit einem schnellen Ruck riß er sie ab. Er hielt Nadine das Stück Stoff hin.

»Hier!«

Sie sah erst den Stoff und dann Jesse entgeistert an.

»Ich habe kein Taschentuch«, sagte er. »Aber dies ist auch sauber – irgendwie ...«

Nadine versuchte zu lächeln, und es gelang ihr halbwegs. Sie nahm den Taschentuch-Ersatz und putzte sich die Nase. Einen Moment lang schien sie zu überlegen; dann, wie aus einem schnellen Entschluß heraus, trat sie auf Jesse zu und umarmte ihn. Gleich darauf wich sie wieder zurück.

»Danke«, sagte sie leise.

Jesse war wie vom Donner gerührt. »Bitte – ni-nichts zu danken«, hörte er sich stammeln, und er strengte sich an, um wieder einigermaßen cool zu klingen. »Komm, wir sollten jetzt zurückgehen.«

»Nein.« Nadine brachte ein erstes richtiges Lächeln zustande. »Ich werde bei den Vögeln und Meerestieren helfen. Unten am Strand wurde eine Rettungsaktion gestartet.«

»Na, dann komme ich doch am besten mit!«

Nadine schüttelte den Kopf. »Du solltest bei Willy und Kwatsi bleiben. Ich bin bald zurück!« Sie lächelte noch, als sie sich abwandte und ein Stück landeinwärts lief, um den Weg zu dem anderen Strandabschnitt zu erreichen.

Jesse blickte ihr nach. Er fühlte sich verzaubert. Niemals in seinem Leben hatte er ein Mädchen wie Nadine kennengelernt. Was geschah mit ihm?

War es ...? Er wagte nicht, den Gedanken zu Ende zu führen.

Auf dem Rückweg zum Campingplatz bemerkte er, daß sich unten am Strand eine richtige Stadt aus Zelten und Wohnmobilen gebildet hatte. Die Zahl der Schaulustigen wuchs von Stunde zu Stunde. Es schien der heißeste Geheimtip für Urlauber geworden zu sein: Orcas und Ölkatastrophe aus nächster Nähe. Jesse konnte über diese Leute nur den Kopf schütteln.

Zum Glück gab es Menschen wie Nadine. Und Randolph. Und die Greenwoods.

Nach dem Lunch betrat Jesse das Zelt, um seine Pfeife zu suchen. Er durchwühlte seine Sachen hinter der Luftmatratze.

Elvis lag auf seiner Seite; er hatte die Augen geschlossen und ließ sich vom Walkman volldröhnen. Unvermittelt wurde er munter, zog sich den Kopfhörer ab und rief: »Hey, Bruderherz! Willst du eine Siesta machen?«

Jesse hatte die chromblitzende Pfeife gefunden. Er steckte sie in die Tasche, ruckte herum und funkelte den Spinner an. »Nenn mich nicht Bruderherz!« zischte er. »Was hast du hier überhaupt zu suchen?«

»Irgendwie muß ich ja die Zeit totschlagen, bis ich hier endlich abhauen kann.«

»Hoffentlich ist es bald soweit«, murmelte Jesse.

»Hör mal, dieser Glen sieht ja so aus, als ob er leicht rumzukriegen ist. Hab ich recht?« Elvis stützte sich auf den Unterarm, stemmte sich ein

Stück hoch. »Was meinst du, wenn ich ihn bitte, mir zehn Mäuse zu geben – ob er damit rausrückt?«

Jesse glaubte sich verhört zu haben. Er konnte seine Verachtung für den Mistkerl nur schwer unterdrücken. »Verdammt noch mal, statt anderen Leuten auf der Tasche zu liegen, solltest du...«

»Sollte ich was?« unterbrach ihn Elvis wie ein schnappender Kläffer.

»Dich nützlich machen, mit anfassen! Wir haben eine Ölkatastrophe, Mann! Vögel und Meerestiere sterben. Die Strände sind mit Ölschlamm verseucht, die Orcas sind krank, und alles, woran du denken kannst, ist, wie du an einen gottverdammten Dollar rankommst!«

»Zehn Dollar.« Elvis grinste. »Außerdem – was hat ein Vogel jemals für *mich* getan?«

Jesse machte einen drohenden Schritt auf ihn zu. »Du machst mich krank«, knurrte er. »Wir sind keine Brüder, nicht mal Halbbrüder. Wir sind auch nicht irgendeine andere Sorte von ›Bruderherz‹. Wenn wir verwandt wären, würde ich mich umbringen.« Er runzelte die Stirn. »Nein, falsch. Letzteres nehme ich zurück. Ich würde *dich* umbringen!«

Elvis zeigte auf die Linie am Boden. »Bleib auf deiner Seite – Bruderherz!«

Jesses Haltung spannte sich an. Sein Gesicht spiegelte unverhohlene Wut, und er ballte die Hände zu Fäusten. In diesem Augenblick war er bereit zuzuschlagen.

Und es wäre geschehen, wenn er nicht in diesem Augenblick Randolphs Stimme gehört hätte.

»Hey, Jesse! Mach dich fertig! Wir müssen los!«

Jesse schnaufte und zwang sich zur Ruhe. »Nenn mich niemals wieder ›Bruderherz‹!« sagte er. »Hast du verstanden, kleines Arschloch!«

Jesse fixierte ihn mit schmalen Augen. Aber Elvis blieb unbeeindruckt und grinste nur. Abrupt wandte Jesse sich um, schlug die Eingangsplane beiseite und war draußen. Hinter ihm ließ Elvis sich mit einem Ächzen auf die Matratze zurücksinken.

13. Kapitel

Die Stimmung war erwartungsvoll und gespannt. Jesse, Randolph und Glen waren rechtzeitig auf dem Bootsanleger eingetroffen, vor der vertäut liegenden »Natsalane«.

Die Mannschaft der Experten eilte herbei, angeführt von Dr. Haley, Dr. Geller, Dr. Abrams und Stanton Milner. Der Manager der Öl-Company hatte sich vollständig neu angezogen und trug einen nicht weniger eleganten hellgrauen Anzug.

Nur wenige Yards entfernt trieben Willy und seine Geschwister wie gewohnt Seite an Seite. Von Zeit zu Zeit bliesen sie ihre Atemwolken ins Sonnenlicht, und der Wasserdampf verteilte sich zu winzigen Perlen, die sich glitzernd auflösten.

Jesse ging an die Schmalseite des Stegs und rief Willy zu sich. Kwatsi begleitete seinen älteren Bruder ohne Zögern. Midnight dagegen blieb auf Abstand, fünf oder sechs Yards entfernt.

Jesse untersuchte Willy und Kwatsi, und er musterte auch Midnight eingehend. Alle drei atmeten so mühsam wie zuvor. Nichts hatte sich geändert. Was er sah und hörte, gefiel Jesse ganz und gar nicht. Er drehte sich um und richtete sich auf.

Die Fachleute hatten sich beim Boot versammelt. Dr. Geller war auf eine überschwengliche Weise unternehmungslustig.

»Also, wie sieht es aus?« rief er. »Ich denke, es ist Zeit, daß wir losfahren! Operation Orca läuft!«

Beifälliges Gemurmel war die Reaktion.

Randolph löste sich aus der Versammlung und kam zu Jesse herüber. Der hochgewachsene Indianer hatte eine zusammengefaltete Landkarte in der Hand. »Wir sollten jetzt wirklich aufbrechen, Jesse. Vielleicht folgen sie uns ja, wenn wir ihnen den Weg aus der Bucht zeigen.«

Jesse schüttelte den Kopf. »Ich glaube nicht, daß sie schon soweit sind, Randolph.«

»Laß es uns doch wenigstens versuchen.«

»Ich glaube, das wäre falsch«, entgegnete Jesse beharrlich. »Und – was ist das überhaupt für ein Plan, diese Operation Orca?«

Randolph faltete die Karte auseinander. Mit dem Zeigefinger tippte er auf die Juan-de-Fuca-Straße und die Küstenlinien. »Also – der Tanker liegt hier –

der Ölteppich bewegt sich in diese Richtung. Einer meiner Beobachter sagt, daß das J-Rudel hier ist...« Er zeigte auf die Mündung der Juan-de-Fuca-Straße ins offene Meer. »Dort sind die Orcas sicher. Und wenn wir Willy, Midnight und Kwatsi dazu bringen, in die Richtung zu schwimmen, sind sie gerettet.«

Jesse dachte angestrengt nach, und nach einem Moment schüttelte er abermals den Kopf. »Ich glaube einfach nicht, daß sie es schon packen.«

Randolph lächelte und klopfte ihm auf die Schulter. »Laß es uns wenigstens versuchen«, sagte er und faltete die Karte wieder zusammen.

Seufzend fügte sich Jesse.

Dr. Geller klatschte ungeduldig in die Hände. »Wir sollten uns jetzt beeilen! Der Ölteppich macht für niemanden eine Pause. Also sehen wir zu, daß wir sie aus der Bucht bringen!«

Jesse wechselte einen vielsagenden Blick mit Randolph. Sie gingen an Bord, und die Experten schlossen sich ihnen an. Randolph startete die Maschine und begab sich in den Ruderstand. Auf sein Zeichen machte Glen die Leinen los und sprang ebenfalls an Bord.

Randolph legte vorsichtig ab, um die Orcas nicht zu beunruhigen. Und während er mit äußerst langsamer Fahrt einen Bogen um sie schlug, beugte Jesse sich bereits über das Bootsheck. Er nahm die Pfeife aus der Tasche.

Randolph erhöhte die Geschwindigkeit geringfügig, als sie an den Orcas vorbei waren.

Jesse tat, was von ihm erwartet wurde, obwohl er nicht davon überzeugt war. Er ruderte mit den Armen über dem Kopf und blies mit aller Kraft in die Pfeife, so daß das Schrillen das Motorenbrummen übertönte. Dann rief er, so laut er konnte: »Kommt – Willy! Midnight! Kwatsi! Machen wir, daß wir aus dieser Bucht rauskommen!«

Willy hatte verstanden. Er tauchte auf und blies eine Atemwolke aus. Elegant gleitend folgte er dem Boot, wie es Kurs auf den Ausgang der Bucht nahm. Midnight und Kwatsi lagen etwas zurück. Ihre Schwimmbewegungen waren weniger kraftvoll, Auftauchen, Atem-Ausblasen und Abtauchen vollzogen sich bei ihnen in einem schwerfälligeren Rhythmus als bei Willy.

»Komm schon, Kwatsi!« rief Jesse. »Trödler sind immer zuletzt am Ziel! Na los, Midnight, das gilt auch für dich!«

Willys Geschwister hielten den Abstand, immerhin. Die »Natsalane« erreichte die Mündung der Bucht, und die drei Wale folgten ihr so bereitwillig, daß sich die Mienen der Experten an Bord bereits zu erhellen begannen.

»Noch ein bißchen weiter«, rief Jesse den Orcas zu, »dann habt ihr's geschafft! Dann seid ihr bei eurer Familie!«

Randolph steuerte die »Natsalane« durch den Buchtausgang, in die Meerenge hinaus.

Willy, Midnight und Kwatsi bliesen Atemluft aus, atmeten ein und tauchten.

Und waren verschwunden.

Die Mienen der Experten wechselten von Freude zu Ratlosigkeit. Immer mehr Sekunden verstrichen, ohne daß auch nur eine einzige Rückenflosse an der Wasseroberfläche auftauchte.

»Wo, in aller Welt, sind sie geblieben?« sprach Dr. Haley aus, was jeder sich fragte – auch Jesse.

Doch so angestrengt sie auch in alle Richtungen blickten, die Orcas blieben verschwunden. Schließlich spähten die Experten allesamt zum offenen Meer, in der Hoffnung, die Orcas hätten sich instinktiv für die richtige Richtung entschieden.

Aus einer plötzlichen Ahnung heraus wandte Jesse sich in die entgegengesetzte Richtung.

Und da waren sie!

»Da sind sie!« rief er. »Sie sind in die Bucht zurückgeschwommen!«

Ungläubig drehten sich die Experten um.

Jesse blickte zu Randolph, der die Maschine drosselte und sich ebenfalls umdrehte. »Ich hab' ja gesagt, daß sie noch nicht soweit sind!«

Randolph preßte die Lippen zusammen und nickte bedauernd. Die Schar der Experten stimmte ein enttäuschtes Murmeln an. Dr. Haley, Dr. Geller und Dr. Abrams scharten sich zu einer neuen Besprechungsrunde zusammen. Jesse spitzte die Ohren, um mitzubekommen, was sie diesmal ausbrüteten.

»Das ändert alles«, sagte Dr. Geller. »Ich würde meinen, wir sollten Van Wilcox holen.«

»Ich bin dagegen«, erklärte Dr. Haley. »Ich glaube nicht, daß wir ihn hinzuziehen sollten. Er hat seine eigenen Vorstellungen.«

Dr. Geller widersprach: »Kate, wir brauchen seine Expertise. Er ist der beste Mann auf seinem Gebiet, und wir sollten ihn so schnell wie möglich herholen.«

Jesse näherte sich der Gesprächsrunde ohne Scheu. Er berührte den Arm der Veterinärin. »Was passiert jetzt?« fragte er.

Sie lächelte, als sie sich zu ihm umdrehte. »Wir sind uns noch nicht ganz einig, Jesse. Aber du wirst es erfahren, sobald wir einen Entschluß gefaßt haben.«

Jesse nickte und wandte sich ab. Er überquerte das Achterdeck und enterte zu Randolph in den Ruderstand auf. Der Indianer hatte die »Natsalane« inzwischen auf Gegenkurs gebracht, zurück in die Bucht.

»Was haben sie gesagt?« fragte er.

»Keine Ahnung«, erwiderte Jesse. »Ich glaube, man muß einen Doktortitel haben, um sich an so einer Unterhaltung beteiligen zu dürfen.«

Der Strand war voll von eilends zusammengezimmerten Käfigen aus Holz und Draht. Die Boote der am Katastropheneinsatz beteiligten Helfer brachten laufend weitere Boxen mit ölverschmierten Vögeln und Meerestieren.

Die Helfer an Land trugen improvisierte Schutzanzüge bei ihrer Arbeit. Einige verwendeten Regenmäntel oder Anoraks, deren Knopflöcher und Reißverschlüsse sie mit Klebestreifen abgedichtet hatten. Andere verwendeten große Plastiksäcke, in die sie Löcher für Kopf und Arme geschnitten hatten.

Viele der Kreaturen waren schon nicht mehr am Leben, als sie den Strand erreichten.

Und die Helfer waren gezwungen, jene überlebenden herauszugreifen, deren Eindruck vermuten ließ, daß sie es überstehen würden. Sie benutzten Wasserschläuche und Brauseköpfe, um Gefieder oder Pelz mit Hilfe von Lösungsmitteln und Bürsten vom Ölschlamm zu befreien. Das Öl wurde in Bottichen aufgefangen und anschließend in bereitgestellte Fässer zur späteren Entsorgung umgefüllt. Nach dem Reinigen mußten die hilflosen Opfer der Ölpest gründlich abgespült werden.

Nadine war damit beschäftigt, eine völlig verölte Taubenteiste zu reinigen. Behutsam, aber fest genug hielt sie den verängstigt zuckenden Vogel mit der einen Hand, während sie mit der anderen erst einmal den gröbsten Schmierbelag abstrich.

Längst hatte Nadine erkennen müssen, daß die Arbeit hier nichts weiter als ein Tropfen auf den heißen Stein war. Hunderte, ja Tausende von Küstenvögeln und Meerestieren waren der Tankerkatastrophe bereits zum Opfer gefallen. Mit jedem von ihnen war ein Helfer mindestens eine Stunde beschäftigt, und dann überlebte auch nicht jedes der zunächst geretteten Tiere.

Nadines Wut war längst verraucht. Jetzt konnte

sie nur noch Verzweiflung und Trauer empfinden beim Anblick der hilflosen Geschöpfe, von denen kein einziges wußte, wie ihm geschah. Manche der Vögel, die hergebracht wurden, besaßen noch genügend Kraft, um sich wie von Sinnen zu putzen. Sie wußten nicht, daß sie keine Chance hatten, das Öl mit dem Schnabel aus ihrem Gefieder zu entfernen. Sie wußten nicht, daß sie allein durch dieses zwanghafte Putzen dem Tod geweiht waren, weil Hunger und Entkräftung ihnen sehr bald das Bewußtsein rauben würden – wenn sie nicht schon vorher durch Vergiftung der Atemwege und des Verdauungstrakts starben.

Nadine hatte einen toten Weißkopfadler unter den Opfern gesehen. Das stolze Wappentier der Vereinigten Staaten – ein mit schwarzem Ölschlamm überzogener Kadaver.

Nadine hatte geweint, als sie den Adler und die anderen toten und sterbenden Tiere gesehen hatte.

Annie und einige andere Helferinnen hatten ihr gesagt, daß es ihnen nicht anders ergangen sei – und daß man den Tränen ihren Lauf lassen müsse. Anders könne man einfach nicht damit fertig werden.

Nadine warf Jesses Mom einen Blick zu. Annie bemerkte es und lächelte. Sie hatte sich einen jungen Seeotter vorgenommen. In diesem Moment, in dem sie nicht aufpaßte, biß er ihr in den Finger.

»Autsch!« rief Annie und schüttelte den Finger in der Luft. Dann lachte sie.

Nadine versuchte wenigstens zu lächeln. Es gelang ihr nicht. Sie sah nur die vielen Behälter, in denen verölte Flügel klatschten und schwarzschlammige Köpfe panisch zuckten.

Es war einfach zu viel, zu schlimm, als daß Nadine es hätte verkraften können.

Das Gewimmel oberhalb des Strandes wuchs noch immer an. *Wenn das so weitergeht,* dachte Jesse inmitten der Menschenscharen, *ist bald der ganze Staat Washington entvölkert, weil sich alles auf Skagit Island versammelt.* Immer mehr Zelte, Wohnwagen und Wohnmobile machten sich breit. Es war das reinste Volksfest. Ein Softeis-Verkäufer war auch schon da. Luftballons und Drachen stiegen auf.

Immerhin hatte die Polizei den Strand und den Bootsanleger abgesperrt. Die Schaulustigen hatten sich höher gelegene Felsvorsprünge und Waldschneisen als Beobachtungspunkte ausgesucht. Dort oben hockten sie mit ihren Ferngläsern und Kameras mit riesigen Teleobjektiven.

Willy, Midnight und Kwatsi zogen träge Kreise in der Bucht.

Auch Elvis war in der volksfestmäßig gestimmten Menschenansammlung unterwegs. Er hatte sich eine Weile umgesehen, und nun manövrierte er sich in die Nähe einer elegant gekleideten älteren Lady und zupfte an ihrem Ärmel.

»Entschuldigen Sie bitte, Madam«, sagte er höflich und mit einem herzerweichenden Anflug von kindlicher Weinerlichkeit. »Ich bin hergekommen, um mitzuhelfen, die Wale zu retten. Und jetzt hab' ich mein Portemonnaie verloren! Ich habe keinen einzigen Penny mehr. Aber ich muß doch die Fähre bezahlen können, um nach Hause zu kommen.«

Die Lady blieb stehen und bedachte ihn mit einem mitfühlenden Blick. Dann griff sie in ihre Handtasche, nahm lächelnd die Geldbörse heraus und drückte ihm ein paar Ein-Dollar-Scheine in die Hand.

»Oh, vielen Dank, Madam!« sagte Elvis und gab sich den Anschein, als würde er vor Dankbarkeit geradezu zerfließen.

Er drehte sich um und schlenderte zufrieden weiter. Nach einer Weile zog er den geschnitzten Orca aus der Hosentasche. Er hielt das Souvenir hoch und steuerte damit auf ein Ehepaar zu.

Wie ein Marktschreier rief er: »Eine Erinnerung an Willy, den Wal – zu verkaufen! Authentische indianische Schnitzerei! Speziell reduzierte Preise! Für nur zehn Dollar gehört er Ihnen!«

Das Ehepaar blieb stehen und betrachtete das Souvenir voller Interesse.

Plötzlich war eine Hand da und schnappte es weg.

Die Interessenten hoben verblüfft die Köpfe und blickten zur Seite. Elvis' Gesicht verzerrte sich vor Wut.

»Tut mir leid«, sagte Jesse, an die Frau gewandt. »Aber dieses Erinnerungsstück ist meins, und der hier...« Er deutete auf Elvis, »... gehört zu mir.«

Die Eheleute nickten verständnisvoll und schlenderten davon. Lebende Orcas waren ohnehin interessanter als hölzerne.

Jesse wartete nur, bis das Ehepaar außer Hörweite war. Dann wirbelte er herum und starrte Elvis an, als würde er ihm jeden Moment den Kopf abreißen.

»Was, zum Teufel, treibst du hier?« schnaubte Jesse.

»Verkaufsgespräche«, antwortete der Dürre. »Ich übe für das interaktive Fernsehen, Abteilung elektronische Shopping-Galerie.«

»Der gehört mir«, sagte Jesse unbeeindruckt, indem er den Holz-Orca ein Stück hochhielt.

»Stimmt nicht«, konterte Elvis. »Den hab' ich gefunden. Der sieht nur zufällig genauso aus wie deiner.«

»Du bist ein verdammter Lügner und Betrüger! Nie sagst du die Wahrheit. Ich hab' auch gesehen, wie du die Frau betrogen hast!«

»Wieso denn?« entgegnete Elvis und spielte den Empörten. »Ich hab' das Geld ehrlich verdient!«

»Ehrlich verdient!« äffte Jesse ihn verächtlich nach. »Du hast in deinem ganzen Leben noch nichts ehrlich verdient, du kleiner Halsabschneider!«

»He!« protestierte Elvis. »Verkaufen ist meine Berufung! Ich bin wahnsinnig gut darin!«

Jesse packte ihn am Kragen, riß ihn herum. »Du solltest uns beiden einen Gefallen tun!« zischte er. »Geh dahin zurück, wo du hergekommen bist!«

»Hervorragende Idee«, giftete Elvis zurück. »Dann würde ich deine häßliche Visage nicht mehr ansehen müssen, und ich würde auch nicht mehr zuhören müssen, wie du über einen blöden, häßlichen Fisch rumjammerst!«

Jesse schüttelte ihn und stieß ihn von sich. »Sag so was nicht über Willy! Du kleines Arschloch!« Er machte ein, zwei drohende Schritte hinter dem verhaßten Halbbruder her.

Elvis wich zurück und zeigte auf den Erdboden. »Komm bloß nicht über die Linie!« keifte er.

Jesse verharrte, blickte auf den Boden. »Aber da ist doch gar keine Linie«, stellte er verwundert fest.

Elvis grinste höhnisch. »Weiß ich doch, du Trottel«, sagte er.

Und dann senkte er den Kopf und rammte ihn in Jesses Magengrube.

Jesse wurde zurückgeschleudert, und für die Dauer eines Atemzugs krümmte er sich vor Schmerzen. Doch der Anblick des hohnlachenden kleinen Halunken verlieh ihm auf der Stelle Bärenkräfte und half ihm, die Schmerzen zu überwinden. Er ging nicht einmal zu Boden, stemmte sich gegen die Fliehkraft, und mit einem wütenden Schrei schnellte er zum Gegenangriff los.

Damit hatte Elvis nicht gerechnet. Er reagierte viel zu spät, konnte nicht mehr ausweichen. Jesses Anprall warf ihn zu Boden, und wie zwei ineinander verbissene Terrier wälzten sie sich über Gras und Erde. Elvis schrie gellend.

Die Leute in der Nähe wichen zurück. Entgeistert starrten sie auf die Jungen, die sich prügelten wie die

Kesselflicker. Beide kratzten, bissen, traten und schrien derart wild und wütend, daß sich rasch eine immer größer werdende Zuschauerschar bildete.

So wie Jesses Hand den Holz-Orca weggeschnappt hatte, war unvermittelt eine Männerhand da.

Sie packte Elvis am Kragen und zog ihn aus dem Knäuel von Armen und Beinen hervor. Frei in der Luft schwebend, zappelte und schrie Elvis weiter, und er hörte nicht auf, um sich zu treten.

»Schluß jetzt!« befahl Glen eisig. »Aufhören!« Als er Jesse angriffslustig auf die Beine kommen sah, fügte er hinzu: »Das gilt für beide! Verstanden!«

Jesse schnaufte, ließ aber die Fäuste sinken.

Glen stellte Elvis auf die Füße und führte ihn im Eilmarsch zum Campingplatz.

14. Kapitel

Jesse lehnte sich an die Fahrertür des 626. Keuchend und aufgebracht verschränkte er die Arme vor der Brust, als Annie sich zu ihm gesellte. Beide sahen zu, wie Glen Elvis in das große Zelt führte.

Jesses Nase blutete, und sein Hemd war zerrissen.

»Das war's also«, sagte Annie gepreßt. »Ihr kommt einfach nicht miteinander zurecht?«

»Nein«, antwortete Jesse einsilbig.

»Ich bin enttäuscht.«

»Das mußt du nicht sein.« Jesse ließ die Arme

herunter und blickte zu ihr auf. »Er ist ein kleiner Betrüger. Ich würde ihm nicht von hier bis zu den Bäumen da drüben trauen.« Jesse machte eine Kopfbewegung zum Waldrand hin.

»Er hat Probleme, und er ist verwirrt«, entgegnete Annie. »Ich hätte gedacht, daß du das am allerbesten verstehen würdest.«

»Wieso denn ich?« Jesse starrte sie entrüstet an. »Warum soll immer ich derjenige sein, der Verständnis zeigt?«

»Er ist dein Fleisch und Blut, Jesse. Wie viele Brüder hast du?«

»Einen zuviel, wenn du mich fragst«, antwortete er grimmig. »Ich will ihn einfach nicht in meiner Nähe haben.« Und ohne eine Antwort abzuwarten, drehte er sich um und ließ Annie stehen.

Sie folgte ihm mit schnellen Schritten.

»Jesse!« rief sie schneidend. »Du hast kein Recht, einfach wegzugehen, solange ich mit dir rede!«

Er verharrte, duckte sich kaum merklich, denn er wußte, daß er zu weit gegangen war. »Tut mir leid«, sagte er und drehte sich um.

Annie war besänftigt. »Wo willst du denn hin?«

»Runter – zu Willy.«

Annie schwieg einen Moment. Dann sagte sie: »Frag Willy, ob er seinem Bruder die kalte Schulter zeigen würde. Ob er ihn ausgerechnet dann im Stich lassen würde, wenn sein Bruder jemanden braucht, der für ihn da ist. Na, geh schon! Frag Willy, ob er Kwatsi im Stich lassen würde!«

Annie sah ihn an und ließ ihre Worte wirken. Dann wandte sie sich ab und ging zum Zelt zurück.

Jesse blickte ihr nach. Inhaltsschwer hallten ihre Worte in ihm nach, und er wußte, daß er darüber nachdenken würde. Denn wie es aussah, hatte sie wohl irgendwie recht.

Er vergrub die Hände in den Hosentaschen und machte sich auf den Weg, zur Bucht hinunter.

Dort, vor dem Anleger, fand gerade eine Pressekonferenz statt. Jesse bahnte sich einen Weg durch die Schar der Zuschauer, und als er die vorderste Reihe erreichte, blieb er stehen. Eine fröhlich aussehende junge Fernsehreporterin interviewte Stanton Milner. Jesse erblickte Kate Haley, und er tauschte ein Lächeln mit ihr.

Milner inhalierte einen tiefen Zug aus der Zigarette – außerhalb des Aufnahmewinkels der Kamera. Dann beugte er sich wieder hinein, ganz der Strahlemann aus der Abteilung Öffentlichkeitsarbeit:

»Ich bin hier, um Ihnen mitzuteilen, daß die Firma Siroco alles menschenmögliche tun wird, um diese drei Orcas zu retten. Geld spielt dabei keine Rolle.«

Unvermittelt drängte sich Kate Haley in den Vordergrund, auf Milner zu. Energisch stemmte sie die Fäuste in die Hüften und wandte sich an die Reporterin.

»Warum fragen Sie ihn nicht nach Tankern mit einwandigen Rümpfen?« rief sie erbost. »Fragen Sie ihn, wie viele Siroco davon noch betreibt! Fragen Sie weiter, ob seine Firma beabsichtigt, diese Schiffe mit doppelwandigen Rümpfen nachzurüsten! Denn das ist die einzige Möglichkeit, um eine Katastrophe wie diese zu verhindern!« Anklagend wies sie auf das Meer hinaus.

Die Reporterin errötete.

Milner lächelte, nicht im geringsten aus der Ruhe gebracht. »Die ›Largo‹ entsprach hundertprozentig allen Sicherheitsbestimmungen der liberianischen Regierung. Aber abgesehen davon, bin ich hier, damit den bedauernswerten Orcas wirksam und unbürokratisch geholfen werden kann...«

Jesse schüttelte den Kopf. Er konnte dieses Geschleime nicht mehr hören.

Er ging weiter, zum Anleger. Die »Natsalane« lag vertäut an ihrem Platz. Am schmalen Ende des Stegs setzte Jesse sich auf die Planken und ließ die Beine über die Kante baumeln.

Willy, Kwatsi und Midnight wirkten munterer, wie sie draußen in der Bucht ihre Runden schwammen. Sie tauchten und bliesen ihre Atemwolken empor, daß es geradezu fröhlich aussah.

Willy erblickte Jesse und kam herüber, ohne sich erst rufen zu lassen.

Jesse streichelte ihn und redete sich seinen Kummer von der Seele. »Jetzt erzähl mal, alter Kumpel – hattest du jemals das Bedürfnis, Kwatsi in kleine Stücke zu hacken und ihn den Fischen zum Fraß vorzuwerfen? Hast du dir jemals gewünscht, daß er verschwinden würde – und zwar für immer?«

Willy öffnete das Maul, als würde er lachen. Doch er gab keinen Ton von sich.

»Also – ich warte«, schmunzelte Jesse. »Und sag bloß die Wahrheit!«

Die Schritte, die er in diesem Moment hinter sich hörte, waren ihm bereits vertraut. Er drehte sich um, und ein Gefühl unendlicher Freude durchflutete ihn.

Nadine kam auf ihn zu, und lächelnd setzte sie sich neben ihn.

»Wie geht's den Vögeln?« erkundigte sich Jesse.

»Einige werden es schaffen«, antwortete Nadine traurig. »Die meisten nicht.«

»Das tut mir leid.« Jesse biß sich auf die Unterlippe.

»Es wird noch schlimmer«, entgegnete Nadine. »Ich habe Ölflecken gesehen, ganz in der Nähe.«

»Wo?« fragte Jesse bestürzt.

»Ungefähr eine Dreiviertelmeile von hier.« Nadine blickte zur Mündung der Bucht.

Zwei Fischerboote fuhren dort hin und her. Die Männer an Deck warfen Netze ins Wasser. Hinter den beiden Booten war ein Lastkahn zu sehen, randvoll mit Baumstämmen. Nadine sah Jesse an. »Was läuft da?«

»Sie treffen Vorsichtsmaßnahmen gegen den Ölteppich«, antwortete Jesse.

Hinter ihnen stieg Randolph über die Reling der »Natsalane« auf die Stegplanken. Jesse und Nadine drehten sich um, als sie ihn hörten.

»Die sogenannten Fachleute haben das beschlossen«, erklärte der große Indianer mit einer Handbewegung zur Buchtmündung hin. »Die Bucht wird mit Netzen und Baumstämmen abgesperrt. So kann kein Ölschlamm eindringen, und die Orcas werden gerettet.«

Nadine schüttelte verständnislos den Kopf. »Ist es wirklich das Richtige, Onkel Randolph?«

»Willy und seine Geschwister werden die Bucht nicht verlassen«, erwiderte er mit einem Achselzukken.

»Aber sie werden verhungern, wenn sie in der Bucht bleiben!« Nadine rief es geradezu beschwörend.

»Es gibt nichts mehr, was man noch tun könnte«, entgegnete Randolph ratlos.

»*Du* könntest etwas tun«, sagte Nadine knapp und energisch.

Jesse sah sie erstaunt an. Als Nadine weiterredete, benutzte sie die Haida-Sprache. Jesse konnte es teilweise verstehen, denn in seinen Büchern hatte er genug über die Haida und ihre enge Beziehung zu den Orcas gelesen.

»Onkel Randolph«, sagte Nadine forsch, »du könntest Russell dazu bringen, eine Zeremonie durchzuführen, um die Seelen der Orcas zu heilen. Dadurch würden sie auch körperlich schneller gesund werden, und sie könnten die Bucht verlassen.«

Randolph schüttelte den Kopf. »Nein. Ich glaube

nicht, daß das etwas bewirkt. Die alten Methoden bewirken nichts in der modernen Welt.«

Nadine wurde ärgerlich. »Aber es *könnte* funktionieren!« ereiferte sie sich. »Du willst Russell nur nicht fragen! Du willst nicht dumm aussehen. Du hast Angst vor dem Gelächter.«

Da die beiden sehr schnell gesprochen hatten, war Jesse bei den letzten Sätzen nicht mehr mitgekommen.

Randolph fuhr sich mit der Hand durch das Haar und wich Nadines Blick aus. Dann drehte er sich um und ging weg, ohne noch ein Wort zu sagen.

Jesse schaute ihm stirnrunzelnd nach. »Was war denn das eben?« wandte er sich an Nadine.

»Ich habe ihm gesagt, daß er Willy, Midnight und Kwatsi helfen könnte, wenn er nur wollte.«

»Durch diesen Russell?«

»Richtig.«

»Und wie funktioniert so was?«

»Indianische Medizin. Russell ist ein Schamane.«

Jesse stieß einen leisen Pfiff aus. »Und?«

Nadine lächelte. »Randolph hat erst mal nein gesagt. Aber jetzt denkt er darüber nach.«

Jesse lenkte seinen Blick auf die Bucht hinaus. Willy, Midnight und Kwatsi bewegten sich wieder so lustlos und lahm wie zuvor. Ihre neue Energie war nur wie ein Strohfeuer gewesen. Die Auswirkungen der Ölpest steckten ihnen noch zu sehr in den Knochen.

Ihnen entging jedoch nicht, daß sich an der Mündung der Bucht etwas abspielte. So tauchten sie, um es sich anzusehen. Sie berührten eines der Netze mit ihren Nasen, und Willy erinnerte sich daran, wie er mit solchen Netzen gefangen worden war – damals, als sie ihn in das Wasserbecken gesperrt hatten.

Willy erinnerte sich an seine Befreiung durch Jesse und seine Freunde. Für den klugen Orca war es eine Erinnerung, die ihm Zuversicht gab. Er allein wäre schon in der Lage gewesen, aus der Bucht hinauszuschwimmen. Aber er würde seine Geschwister niemals im Stich lassen.

Jesse sah, daß die Rückenflossen vorübergehend verschwunden waren, und er ahnte, was die drei da draußen gerade auskundschafteten. Der Gedanke, was Willy dabei empfinden mochte, versetzte ihm einen Stich.

Jesse drehte sich um und sah Randolph, wie er in tiefster Nachdenklichkeit den Strand hinaufging.

Glen und Jesse streiften durch den Wald und suchten trockenes Holz. Bald senkte sich die Abenddämmerung herab wie ein graues Tuch. Auf dem Campingplatz flackerten die ersten Lagerfeuer auf.

Zweige und Äste unter dem Arm, strebten Glen und Jesse zum Platz zurück.

»Von einer Minute zur anderen war sie verschwunden«, murmelte Glen mehr zu sich selbst.

»Wovon redest du?« fragte Jesse dennoch.

»Von meiner Brieftasche.«

»Bist du sicher?«

Annie eilte ihnen entgegen, als sie den Rand des Platzes erreichten. »Ich kann ihn nirgendwo finden!« rief sie. »Ich habe überall nachgesehen. Er ist verschwunden!«

Jesse brauchte keine weitere Erklärung. »Ich wußte es«, sagte er grimmig. »Ich wußte, daß er ein niederträchtiger Halunke ist. Er hat die Brieftasche geklaut und ist abgehauen.«

Glen starrte ihn an. »Meinst du?«

»Wer sollte es denn sonst gewesen sein?« entgegnete Jesse.

Glen überlegte nur kurz. »Ich werde die Polizei verständigen«, sagte er dann.

»Tu das«, nickte Jesse. »Aber er ist jetzt wahrscheinlich schon auf dem Festland.«

Auf dem Weg zu ihren Zelten kamen die Greenwoods am Camp der Fachleute vorbei. Gerade in diesem Moment rollte ein Jeep heran und stoppte vor den Experten-Zelten.

Jesse verlangsamte seine Schritte, um das Geschehen verfolgen zu können. Annie und Glen gingen voraus.

Ein schlanker, gutaussehender Mann stieg aus dem Jeep. Sein Haar war kurz geschnitten; er trug eine Sonnenbrille, obwohl es schon dunkelte, und seine Safari-Kleidung entsprach der neuesten Freizeitmode. Hinter ihm kletterte ein dürrer junger Mann aus dem Jeep.

Jesse hatte die beiden in einer der Nachrichtensendungen gesehen. Der Schönling war Van Wilcox, von dem die Experten bereits gesprochen hatten. Wilcox nannte sich Orca-Experte. Der Dürre war sein Assistent, Archer.

Wilcox begrüßte Dr. Geller mit einem Händeschütteln. Auch die anderen Experten versammelten sich.

Jesse verharrte im Schatten eines Baumstamms. Doch wahrscheinlich hätte ihn sowieso niemand bemerkt. Denn nur einer stand im Mittelpunkt des Interesses – Mr. Wilcox, der Orca-Experte.

Dr. Geller wirkte hoch erfreut. Dr. Abrams machte einen eher zurückhaltenden Eindruck, während Dr. Haley den Dandy im Safari-Look kühl und abweisend musterte. Die Assistenten blickten ehrfurchtsvoll zu ihm auf.

Wilcox gab jedem die Hand und strahlte. »Solche Menschenmassen liebe ich«, sagte er, indem er in die Runde schaute. »Verkauft jemand Eintrittskarten?« Er lachte schallend.

Dr. Geller und Assistent Archer waren die einzigen, die ebenfalls lachten.

»Sie würden das tatsächlich fertigbringen, was, Van?« sagte Dr. Haley kalt.

Wilcox lachte noch immer. »Aber ja! Exklusivrechte, Werbung, T-Shirts – mein Gott, wie ich das alles liebe!« Er wedelte mit der Hand, als er die betroffenen Gesichter sah. »War nur Spaß, Leute. Sehen wir uns jetzt erst mal die Patienten an!«

Die Fachleute setzten sich in Bewegung. Auf dem

Weg zum Strand lief ihnen Stanton Milner entgegen; er hatte es eilig, Wilcox die Hand zu schütteln.

Auch Jesse setzte seinen Weg fort und folgte seinen Eltern.

»Ich hätte Reiseschecks kaufen sollen«, sagte Glen niedergeschlagen. Die Stimmung der Greenwoods war auf dem Tiefpunkt angelangt. Jesse hätte dem kleinen Bastard den Hals umdrehen können.

15. Kapitel

Die Sonne schien, und der Himmel war so strahlend blau wie an den Tagen zuvor, als Jesse am nächsten Morgen zu Randolph in den Pickup stieg. Das Wetter war der reinste Hohn, gemessen an der Katastrophe, die das gesamte Küstengebiet heimgesucht hatte. Doch Jesse sagte sich, daß sich das Wetter nun einmal nicht nach menschengemachten Katastrophen richtete.

Randolph war wortkarg und nachdenklich an diesem Tag. Er hatte Jesse zu sich in den Wagen gewunken, ohne große Erklärungen abzugeben.

»Wo fahren wir hin?« fragte Jesse, nachdem Randolph den Pickup gestartet hatte.

»Einer meiner Beobachter hat gemeldet, daß die J-Familie sich vor der Halbinsel an der Prince-Charlotte-Straße aufhält. Ich dachte, wir sehen mal nach, ob das stimmt.«

Jesse war begeistert. Er mochte gar nicht daran denken, wie wichtig es war, daß sich Willys Familie in der Nähe aufhielt. Diese Tatsache konnte entscheidend dazu beitragen, daß Willy und seine Geschwister den Weg zurück fanden.

Zielstrebig lenkte Randolph den Pickup durch das Labyrinth der Serpentinenstraßen von Skagit Island. Schließlich, nach einer letzten Steigung, erreichten sie einen Aussichtspunkt hoch über der Meerenge. Eine hüfthohe Mauer aus Feldsteinen schirmte den Platz vom Abgrund ab. Randolph nahm sein Hochleistungsfernglas mit und spähte als erster auf das Wasser hinaus. Er brauchte nicht lange zu suchen.

»Da – da sind sie!« rief er.

»Laß mich auch mal sehen«, bat Jesse.

Randolph reichte ihm das Glas bereitwillig, und Jesse hielt es in die Richtung, die sein indianischer Freund ihm mit ausgestrecktem Zeigefinger wies. Jesse brauchte die Scharfstellung nur wenig zu justieren.

Die mächtigen Schwanzflossen waren klar und deutlich zu erkennen. Langsam, mit suchenden Kopfbewegungen bei jedem Auftauchen, bewegten sich die Tiere durch die Fluten. Ein weiblicher Orca bildete das Schlußlicht, sprang unablässig über die Wasseroberfläche hinaus und gab klagende, verzweifelte Rufe von sich.

»Ist das Clio, die Mutter?« rief Jesse aufgeregt. »Die, die hinter den anderen herschwimmt?«

»Das ist sie«, bestätigte Randolph.

Jesses Aufgeregtheit wurde von Nachdenklichkeit abgelöst. Er ließ das Glas sinken und sah seinen Freund an. »Wie wird das weitergehen?« fragte er. »Wird sie irgendwann aufhören, ihre Kinder zu suchen?«

»Nein«, antwortete Randolph, und sein Gesicht war wie aus Bronze gegossen. »Sie wird für alle Zeiten nach ihnen suchen, bis sie eines Tages an gebrochenem Herzen stirbt – oder bis das Rudel in den Ölteppich gerät und alle sterben müssen.«

Jesse gab Randolph das Fernglas zurück und schwang sich auf die Mauer. Er hob die Arme hoch über den Kopf, schwenkte sie hin und her und schrie, so laut er konnte, in den Seewind:

»Gebt nicht auf! Wir bringen sie zu euch zurück! Ich verspreche es! Bleibt bitte hier! Und gebt nicht auf!«

Sicherlich waren sie zu weit entfernt, um ihn hören zu können. Aber vielleicht spürten sie seine Willenskraft, ja, die seelische Verbindung zu Willy und seinen Geschwistern. Nach einer Weile wandte Jesse sich ab und sprang von der Mauer.

»Du mußt ihnen helfen, Randolph«, sagte er und blickte zu seinem Freund auf.

»Ich habe es versucht.«

»Es hat nicht gereicht. Du mußt mehr tun. Du mußt den Schamanen holen – wie Nadine gesagt hat.«

Randolph seufzte und blickte auf das Meer hinaus. »Ich habe den Glauben an die alten Überlieferungen verloren – schon vor langer Zeit.«

»Ach, komm schon!« drängte Jesse. »Du mußt es tun. Es bleibt nicht viel Zeit.«

Immer wenn es Nachrichtensendungen gab, schalteten sie den Fernseher ein. So auch an diesem Abend, nach dem Essen. Annie, Nadine und Jesse saßen vor dem Bildschirm, während Glen sich an der Einfahrt des Campingplatzes aufhielt. Er stand neben einem Streifenwagen und gab einem Polizeibeamten eine Beschreibung des gesuchten Jungen.

Auf dem Bildschirm des tragbaren Fernsehers war zum unzähligsten Mal eine Luftaufnahme der »Largo« zu sehen. Boote, Baumstämme und Eindämm-Netze umgaben den Havaristen in weitem Umkreis. Parallele Linien weißen Schaums krönten die Wellen, und der schwarzbraune Ölteppich schwappte vor und zurück.

Die Stimme des Reporters ertönte wieder.

»Der Ölteppich dehnt sich jetzt auf eine Breite von zwei Meilen aus und ist bereits in die San-Juan-Strömung hinausgetrieben. Maßnahmen zur Eindämmung erfolgen nur langsam. Das Verhalten der Ölgesellschaft wurde bereits kritisiert. Der Mangel an Baumstämmen und Ölabscheidern hat mögliche Erfolge von vornherein zunichte gemacht. Der Tanker soll weiter entladen werden, aber wie zu erfahren war, wird die schwere See das zunächst verhindern. Zurück ins Studio, zu Keith Edwards.«

Der Nachrichten-Moderator wandte sich einem neben ihm sitzenden Fachmann zu. »Captain Marshall, bitte erklären Sie unseren Zuschauern, welche Maßnahmen zur Zeit erörtert werden.«

Marshall räusperte sich. »Keith, ich habe aus zuverlässiger Quelle erfahren, daß Regierung und Coast Guard ein kontrolliertes Abfackeln des Ölschlamms in Erwägung ziehen. Dadurch sollen die Umweltschäden auf ein Minimum verringert werden.«

»Und welches sind die Nachteile?« fragte Edwards.

»Eine Menge schwarzer Rauch.« Der Captain lächelte kaum merklich. »Das Gebiet, das sich in der Windrichtung befindet, muß evakuiert werden – wenn möglich. Aber die Aktion könnte funktionieren.«

»Vielen Dank, Captain.« Edwards blickte in die Kamera. »Jetzt gehen wir mal raus zu Rich Morris, um zu hören, wie es den drei jungen Orcas geht.« Edward befingerte seinen Ohrhörer. »Rich, sind Sie da?«

Jesse schüttelte niedergeschmettert den Kopf. Und er murmelte: »Sie sind gefangen – und zwar nicht allein durch die Baumstämme und Netze.«

Der Bildschirm zeigte den felsigen Strand. Rich Morris, der Reporter, stand vor der Bucht. Hinter ihm waren Willy, Midnight und Kwatsi zu sehen, wie sie langsam ihre Kreise zogen.

»Keith, wir können hier draußen vorläufig nur

abwarten«, sagte Morris. »Willy, Midnight und Kwatsi wurden zu ihrer eigenen Sicherheit in der Bucht abgeschirmt. Ich habe erfahren, daß es aber bald neue Entwicklungen geben wird. Zunächst jedoch haben wir es hier mit ein bißchen altmodischer, indianischer Zauberei zu tun.«

Nadine sprang überrascht auf.

Jesse lächelte, als sie ihn ungläubig ansah.

Nadine schnappte sich ein Handtuch. Und gemeinsam rannten sie los.

Sie erreichten den Strand rechtzeitig, um die Zeremonie von Anfang an mitzuerleben. Viele Zuschauer hatten sich versammelt, unter ihnen auch die Experten.

Der alte Mann am Wasser hatte langes weißes Haar. Er war Ende Siebzig, das Gesicht ein wettergegerbtes Faltenmeer. Randolph war bei ihm.

Der alte Mann ergriff Randolphs Arm, und gemeinsam wateten sie hinaus ins Wasser.

Nach etwa zehn Yards blieben sie stehen, und der alte Mann ließ eine hölzerne Rassel ertönen. Dazu sang er ein altes Heilungs-Lied der Haida.

»Hamatsa maquinna – chinnu rikki – nu chul waal piwo zovi . . .«

Nadine und Jesse gingen weiter auf das Wasser zu.

»Wer ist er?« flüsterte Jesse. »Und was macht er?«

»Russell Ketchikan Johnson«, antwortete Nadine leise. »Randolphs Vater. Er ruft die alten Geister, damit sie die Orcas heilen und ihnen helfen, ihre Seelen zurückzubekommen.«

»Ihre Seelen zurückbekommen?« staunte Jesse. »So was hab' ich ja noch nie gehört!«

Nadine nickte ernsthaft. »Wenn man seine Seele verliert, wird man krank.«

Sie gingen an der Gruppe der Experten vorbei, die das Geschehen spöttisch lächelnd beobachteten.

»Ich liebe das!« schwärmte Van Wilcox grinsend. »Ein tolles Schauspiel – eine tolle Atmosphäre!«

Jesse drehte sich nur halb um; zu Nadine gewandt, sagte er: »Dieser Kerl ist echt zum Kotzen.«

Unterdessen waren Willy, Midnight und Kwatsi ins flache Wasser geschwommen, auf den Schamanen zu. Dieser sang noch immer. Er verstreute Asche, und dann zog er ein langes Rohr hervor. Er richtete es auf Kwatsis Nase und blies.

Jesse und Nadine waren unmittelbar am Ufer stehengeblieben.

»Was macht er denn jetzt?« wisperte Jesse.

»Er bläst die Krankheit weg«, antwortete Nadine.

Jesse konnte nur noch staunen. Er hatte so etwas noch nie gesehen, doch er war nicht so überheblich wie die sogenannten Experten, die das alles für Humbug hielten.

Russell Johnson beendete seinen Gesang und drehte sich um. Wieder nahm er Randolphs Arm, und gemeinsam wateten sie an Land. Nadine lief ihnen entgegen. Sie gab dem alten Mann das Handtuch und umarmte und küßte ihn. Und sie schloß auch Randolph in die Arme und drückte ihm einen Kuß auf die Wange.

»Das war phantastisch!« sagte sie. »Ich wußte doch, daß ihr es tun würdet!«

Der Schamane lächelte geheimnisvoll. Randolph nickte. Er bemerkte die amüsierten Blicke der Experten. Wilcox spielte den Begeisterten und klatschte in die Hände. Annie und Glen kamen herbeigelaufen.

Stolz erklärte Nadine ihnen: »Dies ist der große Haida-Schamane Russell Ketchikan Johnson. Er hat eine Zeitlang nicht gearbeitet, aber er hat seine Kraft noch immer nicht verloren.«

»Ich bin beeindruckt«, sagte Annie, während sie den alten Mann begrüßte. Glen machte einen geradezu ehrfurchtsvollen Eindruck, als er ihm die Hand schüttelte.

Mit einer Kopfbewegung deutete Randolph auf die Orcas in der Bucht. »Nun, entweder geht es ihnen bald besser – oder schlechter. Wir haben jetzt alles in unserer Macht Stehende getan.«

16. Kapitel

Der Himmel hatte sich bedeckt. Es war dunkel geworden, und Nebelschwaden verhüllten die Küste. Jesse hatte seinen Lieblingsplatz am Ende des Anlegers eingenommen. Er spielte ein paar Töne auf seiner Mundharmonika, eine selbsterdachte Melodie.

Willy schwamm nahe beim Steg. Kwatsi war dicht

neben seinem großen Bruder. Midnight blieb ein paar Yards weiter entfernt. Ihr Atem hörte sich regelmäßiger an, kräftiger.

Nadines Schritte näherten sich. Erfreut drehte Jesse sich zu ihr um.

»Wie geht's ihnen?« fragte sie und setzte sich neben ihn.

»Schwer zu sagen«, antwortete Jesse. »Etwas besser schon, glaube ich.«

Nadine hob erfreut die Augenbrauen. Spontan beugte sie sich zum Wasser vor. »Kwatsi!« rief sie. Und dann patschte sie mit der flachen Hand auf das Wasser, wie sie es von Jesse gesehen hatte. »Kwatsi! Hier, Kwatsi!«

Sie jauchzte vor Freude, als der kleine Orca wie selbstverständlich seine Richtung änderte und langsam auf den Steg und auf Nadine zuglitt.

Sie streichelte ihn, als er den Kopf aus dem Wasser hob.

»Er mag dich«, sagte Jesse und streichelte Kwatsi ebenfalls.

»Er ist wunderschön. Sein Atmen hört sich wirklich schon besser an.« Nadine wandte den Kopf zur Seite und sah Jesse an. »Meinst du nicht auch?«

Jesse nickte lächelnd. Auf einmal fiel es ihm leicht, ihr in die Augen zu schauen. Kein Erröten, kein aufgeregtes Herzklopfen mehr. Da war etwas, durch das Nadine ihm dieses Gefühl von Leichtigkeit gab. Und der Himmel war auf seiner Seite, denn gerade in diesem passendsten aller Augenblicke riß die

Wolkendecke auf, und der Mond goß sein bleisilbernes Licht herab.

Nadine sah hinreißend aus in diesem Licht.

»Wale haben ein größeres Gehirn als wir«, sagte sie. »Sie sind wahrscheinlich Genies.«

»Auf welchem Gebiet?« Jesse konnte nicht aufhören, sie anzusehen.

»Ich weiß nicht. Vielleicht, was Freundschaft betrifft – oder Familiensinn – irgend etwas in der Art.«

Jesse schwieg lange. Er senkte den Kopf. Schließlich beschloß er, über sein Problem zu reden. Abermals sah er Nadine in die Augen. »Weißt du – Elvis, dieser kleine Halunke, dieser verdammte kleine Mistkerl ist mein Halbbruder. Er gehört zu meiner Familie, ist mein Fleisch und Blut.«

»Du lieber Himmel«, entgegnete Nadine verblüfft. »Das ist ja ein Ding!«

Jesse nickte bedächtig. »Ich hätte netter zu ihm sein sollen«, murmelte er. »Aber er hat mich einfach verrückt gemacht. Das Schlimme ist, ich bin gerade darauf gekommen, warum.«

»Und? Warum?«

»Er hat mich an mich selbst erinnert, wie ich einmal war. Genau das wollte ich nämlich vergessen.«

Nadine lächelte voller Mitgefühl. »Also wirst du das nächste Mal netter zu ihm sein.«

»Wenn es ein nächstes Mal gibt«, entgegnete er düster.

Nadine streckte die Hand aus und drehte die Handfläche nach oben. »Es fängt an zu regnen«, stellte sie fest. Es klang sehr sachlich, und es wirkte auch wie selbstverständlich, als sie ihre Regenjacke auszog, näher an Jesse heranrückte und die Jacke wie ein Schutzdach über sie beide hielt.

Jesse faßte mit an, und er erlebte ihre Nähe bewußter als jemals irgendeine andere Wahrnehmung in seinem Leben.

»Ja, so ist es besser«, sagte Nadine leise, als die Regentropfen auf die Jacke klatschten und keinen von ihnen beiden mehr trafen. »Erzähl mir etwas von dir«, bat sie.

»Was denn, zum Beispiel?« Jesse hatte das Gefühl, daß seine Stimme merkwürdig klang, anders als sonst.

»Etwas, was ich noch nicht weiß.« In der Tiefe ihrer Augen glomm ein rätselhaftes Feuer.

Jesse fiel es leicht, ihren Wunsch zu erfüllen. »Ich hab immer gedacht, ich würde niemals größer werden, niemals erwachsen.«

»Und was, hast du gedacht, würde aus dir werden?«

»Ich hab' mir vorgestellt, daß mir etwas ganz Böses passieren würde.« Er schwieg einen Moment. »Ich möchte, daß Willy, Midnight und Kwatsi groß und erwachsen werden. Und – ich glaube, ich möchte auch, daß Elvis groß und erwachsen wird.«

Nadine hatte ihn die ganze Zeit angesehen. Und nun, wie selbstverständlich, beugte sie sich zu ihm.

Und küßte ihn.

Jesse versank in diesen Kuß.

Er hatte Mädchen geküßt, in seinem vergangenen Leben, auf der Straße. Es waren wilde Küsse gewesen, mit keinem anderen Gefühl als billiger Gier. Die Erinnerung daran war wie weggewischt.

Nie zuvor hatte er diesen einen, wirklichen Kuß erlebt. Und er war überzeugt, daß er etwas so Wundervolles auch nie wieder erleben würde.

Als Nadine sich von ihm löste, schien eine Ewigkeit vergangen zu sein.

»Das war ein Dankeschön«, flüsterte sie.

»Wofür?« hörte er seine eigene heisere Stimme fragen.

»Dafür, daß dir die Dinge etwas bedeuten, die auch mir etwas bedeuten.«

Er lächelte, und dann konnte er nicht anders, als sie noch einmal an sich zu ziehen und ihren Kuß zu erwidern. Abermals schien die Zeit sich bis zur Endlosigkeit zu dehnen.

»Und jetzt?« hauchte Jesse schließlich.

»Große Hoffnungen?« lächelte Nadine. Sie stand auf. »Jetzt – nichts weiter. Vielleicht fühlen sich unsere drei Freunde morgen besser, und dann bringen wir sie doch noch dazu, die Bucht zu verlassen.«

Jesse stand auf, sie verabschiedeten sich von Willy und seinen Geschwistern und gingen Arm in Arm zurück zum Campingplatz. Dabei war es für Jesse, als würden Zeit und Raum jegliche Bedeutung verlieren. Er konnte es kaum glauben, aber es schien so zu sein, als wäre er auf dem besten Weg, der glücklichste Mensch dieser Welt zu werden.

Annie bürstete ihr Haar im Licht der Zeltlampe. Sie hatte sich auf den Klappstuhl gesetzt. Abwechselnd blickte sie in den Spiegel und auf den Boden, wo ihr Mann fluchend und grollend an seinem Schlafsack herumzerrte.

»Das ist vielleicht ein Urlaub!« knurrte er. »Kranke Wale, eine Tankerkatastrophe, Felsen als Kopfkissen – und ein Dreikäsehoch, der mir die Brieftasche klaut.«

»Ich mag Nadine«, sagte Annie.

»Ja, ein nettes Mädchen«, brummte Glen. »Sie kniet sich mächtig hinein in Sachen, für die sie sich interessiert.«

»Beinahe leidenschaftlich«, nickte Annie und hielt mit dem Bürsten inne. »Und, mal ehrlich gesagt, ich glaube nicht, daß Elvis wirklich so schlecht ist. Er ist einfach verwirrt. Seine Probleme erdrücken ihn. Niemand liebt ihn. Niemand kümmert sich um ihn.«

Glen stöhnte und verdrehte die Augen. »Fang nicht wieder damit an, Annie! Als nächstes kommt dann, daß wir ihn zurechtbiegen – natürlich nachdem wir ihn adoptiert haben.«

»Und ihn lieben wie ein eigenes Kind«, sagte Annie mit verträumtem Blick. »Du weißt, Glen, daß du für so etwas eine natürliche Begabung hast.«

Er gab etwas wie einen Schmerzenslaut von sich und ließ sich rücklings auf den Schlafsack sinken. Regungslos blieb er liegen, den Blick starr zum Zeltdach gerichtet.

Annie betrachtete ihn mitfühlend. Letzten Endes kannte sie ihn, und sie wußte, was für ein weiches Herz er hatte.

17. Kapitel

Es regnete in Strömen. Elvis ging die Main Street von Skagit Harbor hinunter. Die Schaufenster waren hell erleuchtet, viele Läden hatten noch geöffnet. Manchmal, wenn der Schein der Straßenlampen in einem bestimmten Winkel kam, konnte Elvis sein Spiegelbild in den Schaufensterscheiben sehen.

Er war durchnäßt, und er machte sich nichts vor.

Er sah aus wie eine Wasserratte.

Eine, die gerade den aufrechten Gang probte.

Das Licht hinter den Wohnungsfenstern hatte etwas Anheimelndes – und war für ihn unerreichbar. Er wußte es, hatte nicht den geringsten Zweifel. Niemals würde es ein solches Zuhause für ihn geben, niemals die Geborgenheit einer Familie.

Für einen wie ihn kam nur der harte Weg in Frage. Sich durchboxen, ohne Rücksicht auf Verluste. Das war es. Er hatte sämtliche Mafia-Filme gesehen, und die Jungs imponierten ihm. Niemanden bewunderte er mehr als die echten Mafiabosse, von denen man in der Zeitung las. Die gehörten zu den reichsten Männern Amerikas, und wenn sie sich nicht vom FBI schnappen ließen, lebten sie in Saus und Braus.

Einer wie er, Elvis, würde sich natürlich niemals schnappen lassen. Dazu war er viel zu clever.

Vor dem Eingang eines Bäckerladens und Cafés blieb er stehen, zog Glens Brieftasche heraus und begann, die Banknoten zu zählen.

Ein Typ, ungefähr in Jesses Alter, schlurfte vorbei.

»He, Mann!« rief Elvis. »Wann geht die nächste Fähre?«

»In 'ner halben Stunde«, antwortete der Junge, ohne sich umzudrehen.

Elvis steckte die Brieftasche wieder ein und betrat den Laden. Er schüttelte sich wie ein Otter nach dem Tauchen und marschierte auf den gläsernen Tresen zu. Die Verkäuferin dahinter gähnte und betrachtete ihn aus halbgeschlossenen Lidern.

Elvis sah sich die Kuchenauslage an. »Geben Sie mir einen Donut mit Marmeladenfüllung und einen Kaffee, schwarz«, sagte er. Er bezahlte von dem Geld, das ihm die Lady am Strand gegeben hatte. Dann nahm er das Tablett mit Donut und Kaffee und trug es zu einer der rotgepolsterten Sitznischen.

Er beachtete die beiden Männer in der Nachbarnische nicht, obwohl er sie schon mal gesehen hatte. Er hatte andere Sachen im Kopf. Die beiden Männer waren Van Wilcox und Stanton Milner.

Wilcox sprach gedämpft, in verschwörerischem Ton. »Es ist eine unglaubliche Situation, Stanton, absolute Spitze! Seit zwanzig Jahren haben wir keinen wildlebenden Orca mehr gefangen, und jetzt...«

Elvis war schlagartig hellwach.

Doch äußerlich ließ er sich nicht anmerken, daß er die Ohren spitzte. Scheinbar gelangweilt kaute er Bissen um Bissen von dem Donut, und gemächlich nippte er an dem Kaffeebecher.

»... haben wir drei von den Viechern auf einmal!«

»Ich kann mir vorstellen, wie froh du bist«, entgegnete Milner. »Immerhin übernehmen wir die Kosten.«

Wilcox lachte leise. »Das ist ja wohl das mindeste, was ihr tun könnt.«

Milner nuschelte etwas. »Wohin bringt ihr sie?« fragte er dann.

Wilcox schlürfte Kaffee und setzte dann den Becher ab. »Einen von den Heranwachsenden schikken wir runter nach Victoria, den anderen nach San Diego. Das Kalb behalten wir für uns selbst. Der Kleine geht auf direktem Weg nach Chicago. Ich habe die nötigen Trucks und Autokräne für morgen angefordert.«

»Und was ist mit den Tierschützern?« wandte Milner ein. »Die werden dir ganz schön Schwierigkeiten machen.«

»Das will ich doch hoffen!« lachte Wilcox. »Hör mal, die Wale sind schwerkrank! Deshalb sind Archer und ich doch hier – um ein Gutachten über sie zu erstellen. Und das Ergebnis ist doch wohl klar. Unsere lieben, verhätschelten Orcas brauchen eine Langzeitbehandlung mit anschließender Rehabilitation. Ist doch klar, oder?«

»Die Langzeit wird wohl sehr, sehr lang, was?« Milner lachte.

Wilcox stimmte mit ein, und beide konnten sich vor Heiterkeit kaum beruhigen. Deshalb achteten sie nicht auf den durchnäßten dünnen Jungen, der die Nachbarnische verließ und wieder in den Regen hinaustrat.

Elvis schlug den Jackenkragen hoch. Vor dem Eingang des Ladens blieb er stehen. Rechter Hand, im Hafen, rollten Autos in den Fähr-Terminal. Fußgänger begannen zu laufen. Die Sirene des hell erleuchteten Schiffs röhrte laut und mahnend. Es war kurz vor dem Ablegen.

Elvis wußte, er hätte es gerade noch schaffen können.

Doch er wandte sich nach links, in die Richtung, aus der er gekommen war.

Als er die kleine Stadt hinter sich gelassen hatte, wurde der Regen abermals stärker. Innerhalb von Minuten war er wieder bis auf die Haut durchnäßt.

Das Glück schien ihm wohlgesonnen zu sein, als er eine Kreuzung mit einem Stoppschild erreichte. Denn von Skagit Harbor her näherten sich Autoscheinwerfer.

Ein Jeep.

Der Jeep stoppte, aber die beiden Männer, die drinsaßen, machten sich nicht einmal die Mühe, den klitschnassen kleinen Anhalter draußen zu beachten.

Der Jeep rollte sofort weiter.

Fahrer und Beifahrer waren Wilcox und Milner.

Elvis fluchte und setzte seinen Weg fort. Vom Regen würde er sich nicht kleinkriegen lassen.

Jesse träumte von Nadine. Er hielt sie in seinen Armen, und sie küßten sich und küßten sich...

Der Himmel war leuchtend blau und wolkenlos, und in den Sonnenstrahlen schwangen süße Gitarrenklänge mit.

Ein Regentropfen fiel auf Jesses Stirn. Er ließ sich nicht stören. Auch Nadine merkte nichts. Ihr Kuß war das einzige, was auf dieser Welt noch existierte.

Der zweite Regentropfen irritierte. Der dritte war ärgerlich, und als es anhaltend vom wolkenlosen Himmel tröpfelte, verlor Jesse die Geduld.

Er wachte auf. Es war bereits hell geworden, Tageslicht schimmerte durch die Zeltleinwand.

Und Jesse glaubte seinen Augen nicht zu trauen.

Elvis stand vor ihm.

Als der dünne kleine Kerl einen Schritt zurücktrat, sah er aus wie eine fast ertränkte Ratte.

Jesse riß den Mund auf, um ihn anzuschreien. Aber er machte den Mund sofort wieder zu. Er war immer noch wütend auf den Halunken. Aber er war auch verwirrt – weil er andererseits froh war, Elvis zu sehen.

»Du hast Glens Brieftasche geklaut!« rief er dennoch.

Elvis zog die Brieftasche aus seiner klitschnassen Jacke. »Sie lag da direkt vor meinen Augen. Was hätte ich denn machen sollen?«

»Jedenfalls hättest du sie nicht klauen sollen.« Jesse hatte das Gefühl, daß er viel zu versöhnlich sprach. Oder vielleicht doch nicht? Sollte er dem Kleinen besser überhaupt keine Vorwürfe machen? Er dachte an alles, was Annie ihm gesagt hatte, und er fühlte sich schuldig.

»Okay, okay ...«, sagte Elvis verlegen. »Ich hab' einen Fehler gemacht. Übrigens – seine Kreditkarte ist abgelaufen.«

Jesse starrte ihn an. »Hast du etwa versucht, sie zu benutzen?«

»Nein. Ich hab' sie nur mal gecheckt.« Elvis reichte seinem Halbbruder die Brieftasche.

Jesse nahm sie entgegen, nicht ohne ihm einen strengen Blick zuzuwerfen. »Und was ist jetzt? Du bist also noch mal hergekommen, um die Brieftasche zurückzugeben.«

»Nicht nur das.« Elvis sprach hastig. »Ich muß dir was erzählen. Über Willy und die anderen Fische.«

»Was?«

Elvis holte tief Luft. »Ich war in der Stadt«, berichtete er, »gestern abend, in so einem Donut-Laden. Zufällig saßen dieser Safari-Typ und der Kerl von der Öl-Company neben mir. Aber die haben mich gar nicht beachtet. Um so besser konnte ich sie belauschen. Also, der Safari-Typ sagte, er würde Willy, Midnight und Kwatsi aus der Bucht rausholen. Dann sollen sie irgendwohin transportiert werden. Jeder in eine andere Stadt, in so ein Aquarium, nehme ich mal an.«

Jesse schnellte von der Matratze wie eine Rakete. In Windeseile fing er an, seine Sachen anzuziehen.

»Wann?« stieß er hervor.

»Morgen sollen Trucks und Kräne kommen«, antwortete Elvis.

Jesse mußte seinen Schreck verbergen. »Sonst noch was?« Er zog sein Sweatshirt und seine Jacke an.

Elvis wand sich in Verlegenheit, blickte zu Boden, trat von einem Fuß auf den anderen. Dann, unvermittelt, sah er Jesse an, und in seinen Augen war so viel Schmerz, in seinem Gesicht so viel Flehen um Hilfe, daß Jesse abermals erschrak. So hatte er den Kleinen noch nie gesehen, und er hätte niemals geglaubt, daß er ihn so erleben würde.

»Du hattest recht«, sagte Elvis mit erstickter Stimme. »Du hattest recht, als du sagtest, ich wäre ein gottverdammter kleiner Lügner. Und sie – unsere Mutter – war keine gute Frau. Auch da hattest du recht – eine lausige Mutter! Aber ich hab' mir eine richtige Mutter immer so sehr gewünscht, daß ich alles mögliche vorgetäuscht hab'.«

Jesse war wie gelähmt. Er konnte fast nicht glauben, was er gerade gehört hatte.

Elvis senkte den Kopf und sah Jesse dann wieder an. »Na, du hast es gut – bei Annie und Glen. Ich mag die beiden. Tja, vielleicht bin ich eifersüchtig. Also dann – man sieht sich!« Er hob die Hand zu einem müden Abschiedsgruß, dann wandte er sich ab, zum Zeltausgang.

Jesse war mit einem Satz neben ihm. »He, Elvis, warte! Ich weiß, was du meinst! Ich hab's genauso gemacht. Ich hab' sie so sehr geliebt – ohne irgendeinen vernünftigen Grund! Hör mal, wir haben eine Menge gemeinsam. Und – wir haben doch uns beide!«

Elvis drehte sich erstaunt um. »Ja?« sagte er mit Tränen in den Augen.

Da streckte Jesse die Arme aus und zog ihn an sich. Er schloß den Kleinen fest in die Arme und sagte kein Wort. Elvis schloß die Augen und spürte zum ersten Mal, wie es war, wenn ein Mensch sich um ihn sorgte.

Augenblicke der Stille verstrichen.

»Ja, wir haben uns beide«, sagte Jesse schließlich, und seine Stimme klang rauh wie ein Reibeisen.

»Wenn du mich nicht totquetschst«, entgegnete Elvis und versuchte zu lächeln.

Jesse ließ ihn los, lachte, trat einen Schritt zurück. »Okay, kleiner Bruder. Wir müssen Willy retten. Machst du mit?«

»Werden meine Nikes dabei naß?« Elvis zwinkerte.

»Wahrscheinlich«, entgegnete Jesse schmunzelnd.

Und dann eilten sie beide hinaus.

Jesse zog den Reißverschluß seiner Jacke im Laufen zu. Elvis folgte ihm dichtauf. Nadine saß am Feuer; sie blickte auf und lächelte. Sie schien auf einen Blick zu erkennen, was sich zwischen Jesse und Elvis geändert hatte. Jesse winkte ihr zu und lief weiter, ohne Zeit zu verlieren. Aus den Augenwinkeln sah er, daß Nadine aufsprang und ihnen folgte.

Schon von weitem war zu sehen, daß sich die Fachleute in ihrem Camp zum Frühstück versammelt hatten. Dr. Haley, Dr. Abrams, Dr. Geller, Van Wilcox und der Rest der Mannschaft saßen an Klapptischen vor den Zelten. Auch hier brannte ein Lagerfeuer, um die morgendliche Kühle zu verscheuchen.

Jesse verlangsamte seine Schritte. Er zögerte, fühlte sich unbehaglich und unsicher. Kate Haley war die einzige, die ihm einen Blick gönnte und ihn mit einem Lächeln begrüßte.

»Guten Morgen, Jesse«, sagte sie. »Möchtest du mit uns frühstücken?«

Jesse war stehengeblieben. Die anderen Experten taten das, was Erwachsene so besonders gut konnten – sie beachteten ihn nicht. Jesse suchte nach Worten; angesichts einer solchen Wand von Überheblichkeit hatte sogar er Schwierigkeiten, seine Selbstsicherheit zu bewahren. Dabei hatte er auf der Straße wahrhaftig gelernt, sich durchzusetzen.

Er gab sich einen Ruck. »Dr. Haley, kann ich mit Ihnen sprechen?«

»Aber ja!« Ihr Lächeln war verständnisvoll. Sie war die einzig Vernünftige von all diesen Leuten.

Jesse hörte Nadines und Elvis' Schritte herannahen. Mit Entschiedenheit sagte er: »Wir meinen, daß es ihnen wesentlich bessergeht.«

»Wirklich?« Dr. Haley zog die Augenbrauen hoch.

Wilcox blickte von seinem Notebook auf. Er grinste zynisch. »Dieser ganze Voodoo-Zauber hat's bewirkt, was?«

»Ja, kann sein«, nickte Jesse. »Jedenfalls atmen sie viel leichter. Ich – äh – wir – meinen, daß sie jetzt soweit sind, daß sie die Bucht verlassen können.«

»Wir?« echote Dr. Haley erstaunt.

»Ja«, antwortete Jesse. »Nadine, Randolph und ich.«

»Yeah, und ich auch!« rief Elvis und ließ mit voller Absicht seine alte Großspurigkeit durchklingen.

»Na, phantastisch!« Wilcox schüttelte fassungslos den Kopf. »Die lieben Kleinen spielen Meeresbiologen!«

Jesse hätte dem Kerl an die Kehle springen können, zumal er wußte, was Wilcox und sein Komplize von der Öl-Company wirklich im Schilde führten. Aber das zu beweisen war praktisch unmöglich. Wenn er es sagte, würde Wilcox in schallendes Gelächter ausbrechen. Und leider sah es ganz danach aus, daß die anderen mit einstimmen würden.

Denn Wilcox schien bereits die große Nummer zu sein. Was er, der große Orca-Spezialist, sagte, wurde gemacht. Dr. Haley, die vernünftigste von allen, konnte sich gegen ihn offenbar auch nicht durchsetzen.

Als Wilcox mit knappen Worten entschied, daß man am besten mal eben zur Bucht gehen und nachsehen solle, waren alle sofort einverstanden. Und

Jesse, Nadine und Elvis blieb nichts anderes übrig, als ihnen zu folgen. Wieder einmal wurden sie von den Erwachsenen nicht beachtet.

Doch Nadines Kämpfernatur gewann erneut die Oberhand. Mit schnellen Schritten schloß sie auf, bis sie neben Wilcox war.

»Es geht den Orcas wirklich sehr viel besser«, rief sie energisch. »Warum wollen Sie das nicht glauben? Jesse hat mit Willy gesprochen – und Willy muß es schließlich am besten wissen.«

»Ah, unser kleiner Doktor Doolittle!« lachte Wilcox. »Bringt den Walen das Sprechen bei!«

Die anderen lachten und wechselten amüsierte Blicke. Nur Dr. Haley blieb ernst. Wilcox lächelte herablassend, als er Nadine ansah.

»Nun«, sagte er ölig, »wir begrüßen eure fundierten Informationen, aber wir haben die Situation vollständig unter Kontrolle. Vielen Dank.«

Jesse schloß ebenfalls auf. Nadine ermutigte ihn, etwas zu sagen, indem sie seinen Ellenbogen ergriff.

»Was wollen Sie mit den Orcas machen?« rief Jesse.

Wilcox wedelte unwillig mit der Hand. »Wir werden uns auf – sagen wir – fünfzig Jahre gemeinsamer Erfahrung im Umgang mit gefangenen Meeressäugern verlassen und das Richtige tun.«

»Gefangene!« rief Jesse empört. »Das ist das Entscheidende, stimmt's? Willy und seine Geschwister sind eingesperrt – und Sie wollen, daß es so bleibt!«

Wilcox reagierte mit einem blasierten Lachen.

Und wieder fiel den anderen nichts Besseres ein, als erneut amüsiert zu grinsen.

Nur Dr. Haley konnte Jesses und Nadines Gedanken nachempfinden. Als sie auf den Anleger hinausgingen, legte sie Jesse den Arm um die Schulter.

»Hör zu, Jesse«, sagte sie behutsam. »Die Dinge sind im Augenblick noch etwas – nun, sagen wir – ungewiß. Und wir versuchen, das Richtige zu tun.«

»Was ist denn das Richtige?« entgegnete Jesse.

Dr. Haley erklärte es: »Der Tanker ist instabil. Zwei weitere Laderäume sind leckgeschlagen, und zusätzliches Öl läuft aus. Außerdem kommt ein Sturm in unsere Richtung. Die Orcas sind hier in der Bucht in Gefahr, und wir wissen nicht, ob sie außerhalb der Bucht überleben würden.«

»Wir haben es nicht nötig, einem Kind unsere Entscheidungen zu erklären!« bellte Wilcox ärgerlich.

Dr. Haley warf ihm einen kalten Blick zu. Sie machte keinen Hehl aus ihrer Abneigung gegen ihn. Ohne ihn länger zu beachten, wandte sie sich wieder Jesse zu. »Jesse, ich weiß, daß ihr euch Sorgen um die Orcas macht. Aber wir wollen wirklich das Beste für Willy, Midnight und Kwatsi.«

Jesse hatte begriffen, daß seine Hoffnungen falsch gewesen waren. Diesem verdammten Wilcox war es längst gelungen, diese sogenannten Experten zu überlisten. Wobei Dr. Haley vielleicht die einzige wirkliche Expertin war. Aber zu gutgläubig war sie auch. Sonst hätte sie sicherlich gemerkt, was der Halunke im Schilde führte.

»Sie bringen die Orcas in ein Aquarium«, sagte Jesse rundheraus. »Stimmt's?«

Dr. Haley nickte. »In ein Rettungszentrum – damit sie überleben.«

Die allerletzte Hoffnung, an die Jesse sich noch geklammert hatte, war dahin. Es stimmte tatsächlich! Sie hatten es allen Ernstes vor. Sie ließen sich von diesem Geschäftemacher Wilcox hereinlegen, und dabei schöpften sie nicht mal den leisesten Verdacht.

Jesse schüttelte verzweifelt den Kopf; Tränen standen in seinen Augen, als er rief: »Sie werden sie einsperren und den Schlüssel wegwerfen!« Auch Nadine war entsetzt, und sogar Elvis hatte eine zornige Miene aufgesetzt.

»Die Orcas werden so bald wie möglich in ihren natürlichen Lebensraum zurückgebracht«, versprach Dr. Haley.

»Am Sankt-Nimmerleins-Tag!« entgegnete Jesse aufgebracht. Und mit wenigen schnellen Schritten baute er sich vor den Fachleuten auf. »Habe ich recht, Mister Experte?« schrie er Wilcox an, und an alle gewandt, fügte er hinzu: »Wieviel Eintritt wollen Sie nehmen? Kinder kommen für den halben Preis rein, was?«

»Jesse!« rief Dr. Haley. »Jesse, beruhige dich doch!«

Aber er hörte nicht auf sie, rannte einfach weg,

zurück zum Campingplatz. Nadine und Elvis folgten ihm.

Dr. Haley zuckte die Achseln und blickte hilflos in die Runde. Aber ihre Kollegen hatten den kleinen Zwischenfall mit den Kindern schon vergessen.

Und Van Wilcox sonnte sich in seinem Triumph.

18. Kapitel

Vor den Zelten der Greenwoods lief der Fernsehapparat. Rich Morris berichtete. Er befand sich mit seinem Kamerateam auf einem Aussichtspunkt, der einen weiten Blick auf die Juan-de-Fuca-Straße ermöglichte. Im Hintergrund war der gestrandete Tanker zu sehen. Hubschrauber schwirrten.

»... hat die Coast Guard heute morgen in Zusammenarbeit mit den zuständigen Regierungsdienststellen eine Abfackelungsmaßnahme beschlossen, um den sich immer mehr ausbreitenden Ölteppich unter Kontrolle zu bringen. Das Gebiet zwischen Puyallap und Skagit Harbor wird für jeglichen Schiffsverkehr gesperrt – zur Vorbereitung auf die Zündung der erforderlichen Brandsätze um zehn Uhr heute vormittag ...«

»Hast du das gehört?« rief Glen seiner Frau zu, die gerade den Frühstückstisch deckte.

»Ja«, antwortete Annie. »Eine Verzweiflungstat von verzweifelten Leuten.«

In diesem Augenblick stürmten Jesse, Nadine und Elvis auf den Campingplatz. Glen glaubte seinen Augen nicht zu trauen, als er Elvis sah. Er wechselte einen entgeisterten Blick mit Annie.

Jesse nahm eine Schachtel mit Donuts und reichte sie herum.

»Willy, Midnight und Kwatsi sollen in Aquarien gebracht werden!« rief Nadine aufgeregt.

»Ja, und die Schlüssel werden weggeworfen«, bemerkte Elvis mit wissender Miene.

Jesse biß von einem Donut ab, ging kauend zu Glen hinüber und gab ihm die Brieftasche. »Hier, die hab' ich unter meinem Bett gefunden. Ich weiß auch nicht, wie sie dahin gekommen ist.«

Glen bekam den Mund fast nicht wieder zu. Er sah Jesse und Elvis abwechselnd an. »Okay, ist schon okay. Sagt mal – seid ihr beiden jetzt Freunde?«

»Brüder«, antwortete Jesse, als sei es die selbstverständlichste Sache der Welt. »Wir müssen jetzt los.« Gemeinsam mit Nadine und Elvis wandte er sich ab.

»Danke für die Brieftasche!« rief Glen ihnen nach.

Schon im Weggehen, drehte sich Elvis um. »Sieh dir mal die Kreditkarte an!« rief er.

Jesse packte ihn am Hemd und zog ihn eilig mit sich.

Annie und Glen waren sprachlos. Schweigend blickten sie den Kindern nach.

»Noch einer ...«, murmelte Glen nach einer Weile.

»Ja, ist das nicht großartig?« entgegnete Annie, und sie strahlte vor Glück.

Jesse, Nadine und Elvis bahnten sich ihren Weg über die großen Felsen am nördlichen Ufer der Bucht. Sie fanden einen flachen Uferabschnitt, weit entfernt von allen Experten und Geschäftemachern.

Willy, Midnight und Kwatsi schwammen herbei, und man brauchte nicht zweimal hinzusehen, um zu erkennen, daß sie von neu erwachter Kraft und neuer Entschlossenheit beseelt waren.

»Hey, Jungs!« rief Jesse. »Ihr fühlt euch besser, was?«

»Abmarschbereit«, stellte Elvis trocken fest. »Aber sie können ja nirgendwo hin.«

Willy umkreiste Kwatsi, stieg dann hoch aus dem Wasser und ließ sich mit einem triumphierenden Krachen auf die Oberfläche fallen.

»Du fühlst dich so gut, daß du spielen willst!« rief Jesse begeistert. »Stimmt's, alter Kumpel?«

Die Orcas kamen herbei und ließen sich streicheln. Jesse rieb Willys Zunge.

»Du fühlst dich fit genug, um aus der Bucht abzuhauen«, sagte Jesse. »Hab' ich recht?«

Willy gab ein fröhliches Quietschen von sich.

»Und du auch?« wandte sich Jesse an Kwatsi.

Der Kleine machte es seinem großen Bruder nach und quietschte auf die gleiche fröhliche Weise.

Jesses Blick wanderte zu der Absperrung der Bucht. Baumstämme und Netze waren eine unüberwindliche Hürde.

So schien es.

Jesse wandte sich Nadine und Elvis zu, zeigte mit

einer empörten Handbewegung zu den sogenannten Fachleuten auf dem Anleger. »Die tun so, als ob wir überhaupt nicht existieren! Unsere Meinungen spielen für die keine Rolle. Wir sind ja nur Kinder.« Er äffte den herablassenden Tonfall der Erwachsenen nach: »Verschwindet, laßt uns in Ruhe. Wir müssen wichtige Entscheidungen treffen!« Er schüttelte den Kopf. »Letzten Endes waren es nicht *Kinder*, die den Tanker aufs Riff laufen ließen. *Kinder* haben auch nicht das Öl auslaufen lassen, und *Kinder* töten keine Tiere in freier Natur – völlig ausgeschlossen.«

»Ich war nicht mal in der *Nähe* des Tankers«, sagte Elvis todernst.

Sie schwiegen lange und dachten nach.

»Was können wir denn tun?« sagte Nadine schließlich.

Jesse antwortete nicht darauf. Er war in Gedanken versunken, dann murmelte er: »Kannst du dir vorstellen, wie es in so einem Kinderheim ist? Wie das ›System‹ funktioniert? Du kannst darin untergehen. Total. Du verschwindest regelrecht; ich meine, deine *Seele* verschwindet. Du bist nicht mehr du selbst.«

»Wem sagst du das!« pflichtete Elvis seinem Bruder bei.

»Willy, Midnight und Kwatsi werden wahrscheinlich ebenso verschwinden«, fuhr Jesse fort. Erneut rieb er Willys Zunge, als der Orca quietschend und klickend das Maul öffnete. »Aber Willy hat seine Zeit schon abgesessen. Genau wie ich. Ich meine, er sollte nicht wieder in Gefangenschaft.«

»Das meine ich auch!« rief Elvis beipflichtend.

Motorengeräusch war vom Strand zu hören. Dieseldröhnen.

Jesse, Nadine und Elvis drehten sich um und erblickten drei schwere Trucks mit flacher Ladefläche, wie sie getriebeknirschend die Zufahrt zum Felsenstrand herunterrollten.

Jesse sah Nadine an und sagte tonlos: »Sie holen sie hier raus.«

»Was machen wir denn jetzt?« hauchte Nadine.

»Sie haben die Freiheit verdient«, entgegnete Jesse. »Sie sollten ihre Familie wiederfinden und frei sein. Ihr Rudel ist nur ein paar Meilen von hier entfernt. Ich hab's gesehen.« Er atmete tief durch. »Und der Ölteppich ist noch nicht hier – hab' ich recht?«

»Ja«, antwortete Nadine.

Jesse stand wortlos auf. Ein Blick zum Anleger zeigte ihm, daß die Experten inzwischen wieder auf dem Weg zu ihrem Camp waren. Und letzten Endes: Kinder waren es ja sowieso nicht wert, beachtet zu werden.

Deshalb rechnete Jesse auch nicht damit, daß ihn irgend jemand daran hindern würde, seinen Plan in die Tat umzusetzen. Ohne eine Erklärung eilte er los.

Nadine und Elvis folgten ihm, denn sie brauchten keine Erklärung.

Unbehelligt erreichten sie den Liegeplatz der »Natsalane«.

»Ich kann nicht schwimmen!« jammerte Elvis.

Jesse half ihm kurzerhand an Bord, während Nadine die Leinen losmachte und dann ebenfalls an Bord sprang. Sie warf Elvis eine Schwimmweste zu, und dankbar streifte er sie über.

»Okay, es ist Showtime!« rief Jesse zum Land hin, obwohl ihn dort keiner hören konnte. »Ihr wollt gefangene Orcas in der Show? Sollt ihr haben! Und zwar so realistisch, wie ihr sie noch nie gesehen habt!«

Sie ließen die Maschine an, und nach einem gekonnten Ablegemanöver steuerte Jesse die »Natsalane« auf den Ausgang der Bucht zu.

Rechtzeitig zog er den Regler zurück, so daß das Boot langsam, mit nachlassender Fahrt auf die Baum- und Netzsperre zutrieb. Jesse spähte suchend über die Wasserfläche.

»Willy!« rief er. »Kwatsi! Midnight!«

Schon in der nächsten Sekunde brach die Wasseroberfläche hinter ihnen auf.

Die drei Orcas tauchten auf und bliesen ihren Atem aus. Die kleinen Wolken schwebten über dem Wasser davon und verflüchtigten sich. Mühelos holten Willy, Midnight und Kwatsi die »Natsalane« ein. Und dann schwammen sie längsseits, als sei das Boot ein ihnen verwandtes und vertrautes Wesen.

Tatsächlich hatte sich in den Camps am Strand niemand weiter um die Kinder gekümmert. Im Mittelpunkt des Interesses standen vorerst die drei schweren Trucks, die bis nahe ans Wasser rangierten, um später für den Kran in Position zu fahren.

Nach etlichen Minuten war es Dr. Abrams, der Dr. Geller anstieß und auf die Bucht deutete. Dr. Geller klappte das Kinn auf die Brust, so verdutzt war er.

Nach und nach wurden auch die anderen aufmerksam. Überraschte Rufe waren zu hören.

Van Wilcox sprang auf und schleuderte seinen Kaffee ins Feuer. »Was, zum Teufel, läuft da draußen?« murmelte er, und seine Miene spiegelte tiefe Besorgnis wider.

Vor ihren Zelten bemerkten auch Annie und Glen, daß die »Natsalane« abgelegt hatte.

Und Randolph, der zum Bootsanleger unterwegs war, verfolgte das Geschehen mit leuchtenden Augen.

Im Ruderstand der »Natsalane« drehte sich Jesse zu Nadine um. »Übernimm du das Ruder!« rief er. »Geh mit der Maschine noch weiter runter. Dann laß das Boot auf das Netz zutreiben.«

Nadine nickte. Bereitwillig trat sie ans Steuerruder, wie sie es schon oft getan hatte, wenn sie mit ihrem Onkel unterwegs gewesen war.

Jesse schwang sich auf das Vordeck und lief zum Bug. Dort beugte er sich so weit über das Wasser, wie er nur konnte.

»Willy!« rief er. »Willy, komm!«

Augenblicklich teilte Willy rauschend die Wasseroberfläche und schwamm nahe an den Bug heran. Jesse streichelte seinen Kopf und sprach zu ihm.

»Hör zu, alter Kumpel, ich sag' dir jetzt, wie mein Plan aussieht. Ich gebe das Signal, und du machst den Rest. Okay? Es ist Zeit für die Show – verstehst du? Genau wie damals.«

Willy ließ sich unter die Oberfläche sinken.

Kwatsi und Midnight folgten seinem Beispiel.

Jesse richtete sich auf.

Atemlose Spannung kehrte ein, erfaßte die gesamte Bucht. Nadine, im Ruderstand, preßte die Lippen zusammen. Elvis hielt sich den Bauch; er war gelbgrün im Gesicht, doch das lag mehr am Wellengang und am Schwanken des Boots.

Am Strand hatten sich Annie und Glen zu Randolph gesellt. Schweigend, doch mit unverhohlener Freude, spähten sie auf die Bucht hinaus.

Im Camp der Experten war Verblüffung angesagt. Bis auf Dr. Haley konnte keiner fassen, was da draußen geschah. Van Wilcox war blaß geworden und hatte keinen einzigen seiner angeberischen Sprüche mehr auf Lager.

Unaufhaltsam trieb die »Natsalane« auf die Baumstämme zu. Zwei Fischkutter lagen rechter Hand, weit genug entfernt. Die Männer an Deck waren ebenfalls aufmerksam geworden und starrten hinüber. Jesse wartete den richtigen Moment ab, die richtige Entfernung.

Und ruckartig warf er die Arme hoch. Gleich darauf senkte er den rechten Arm und zeigte mit gestreckten Fingern auf die Baumstämme und die angehängten Netze.

Jesses Augen waren weit aufgerissen, als er schrie: »Willy! Einmal ein Star – immer ein Star! Aber die Hauptattraktion wirst du nie wieder sein! Ab sofort bist du Willy, der wilde Wal! Willy, der freie Wal!«

Am Strand rührte sich nichts mehr.

Alle standen mit ungläubig geweiteten Augen.

Auch die Bucht war ruhig, nur der Wellengang bewegte das Wasser.

Doch plötzlich wölbte sich die Oberfläche zu einer mächtigen Kugel empor – vier, fünf Yards von der Baumsperre entfernt.

Im nächsten Sekundenbruchteil war es wie eine Explosion.

Willy brach hervor, stieg steil in die Luft.

Am Scheitelpunkt seines Sprunges, als er langsamer wurde, neigte er sich zur Seite – und fiel waagerecht hinab.

Ein ohrenbetäubendes Krachen hallte über die Bucht, als Willys mächtiger Körper auf die Baum- und Netzsperre schlug. Mit seinem Gewicht von nun schon über vier Tonnen zerschmetterte er die Sperre mühelos.

Wie von einer Detonation zerfetzt, flogen Baumstämme und Netze auseinander.

Willys in die Tiefe sinkender Körper schlug eine breite Lücke in die Sperre.

Und Kwatsi und Midnight folgten ihrem Bruder.

Gemeinsam schwammen sie ins offene Wasser hinaus.

Jesse drehte sich um; er fühlte sich erschöpft, wie nach einer schweren körperlichen Anstrengung. Dann sah er Nadines Begeisterung.

»Du hast es geschafft!« rief sie freudestrahlend.

Er eilte zu ihr. »*Wir* haben es geschafft!« schrie er triumphierend.

»Phantastisch«, sagte Elvis, doch seine Freude war gequälter Art. Er hielt sich noch immer den Bauch. »Ich glaube, ich werde seekrank«, ächzte er.

Jesse und Nadine lachten.

»Fahr hinterher«, sagte Jesse. »Wir müssen sichergehen, daß sie ihre Familie auch wirklich erreichen.«

Die Maschine der »Natsalane« erwachte zu tukkerndem Leben. Mit rasch zunehmender Fahrt rauschte das Boot durch die Lücke in der Sperre – hinaus auf die weite Wasserfläche der Juan-de-Fuca-Straße.

19. Kapitel

Die Mehrzahl der Zuschauer am Strand klatschte begeistert Beifall. Anfeuernde Rufe wurden laut.

Dr. Haley lächelte freudig. »Mein Gott, was für wundervolle Tiere«, sagte sie.

Dr. Abrams nickte. »Vielleicht hätten wir von Anfang an auf diesen Jungen hören sollen.«

»Am besten nehmen Sie ihn unter Vertrag«, kommentierte Wilcox giftig. »Der Bursche hat Talent.«

Und damit wandten sich die Experten ab und kehrten zu ihrem Camp zurück.

Die »Natsalane« ließ die zertrümmerte Sperre hinter sich und pflügte durch die Wellen. Elvis, mittlerweile froschgrün im Gesicht, klammerte sich an der Reling fest.

Jesse und Nadine, im Ruderstand, behielten Willy und seine Geschwister im Auge, deren Rückenflossen vor ihnen einen klaren Kurs hatten: weg von dem havarierten Tanker und weg von dem Ölteppich, auf das offene Meer zu.

»Ja, Willy!« schrie Jesse. »So ist es gut! Seht zu, daß ihr hier rauskommt! Immer weiter!« Er klatschte und pfiff und machte Luftsprünge.

Nadine lachte und lachte.

Elvis hatte dazu keinen Grund mehr. Seine Gesichtsfarbe wechselte in ein seltsames Bläulich.

Rich Morris und sein Kamerateam befanden sich noch immer auf dem Aussichtspunkt, von dem man nahezu die gesamte Juan-de-Fuca-Straße überblikken konnte.

Die Sicht war nach wie vor klar genug, um den gestrandeten Tanker ausmachen zu können. Auch die Hubschrauber waren immer noch im Einsatz.

Morris hockte auf seinem Klappstuhl vor dem Regiezelt. Er hatte Kopfhörer auf, über die er mit der Sendezentrale verbunden war. Gleichzeitig beobachtete er den Monitor.

Ein Assistent lief auf Morris zu und hielt ihm einen Zettel vor die Nase. Hastig hingekritzelt, stand auf dem Zettel:

Die Orcas sind weg!

»Was?« Morris riß sich die Kopfhörer herunter und ruckte herum. »Sie sind weg? Was soll das heißen?«

»Sie sind aus der Bucht raus«, antwortete der Assistent. »Sie sind draußen in der Juan-de-Fuca-Straße.«

Morris war ein Mann schneller Entscheidungen. »Schick ein zweites Team da runter. Sie sollen wenigstens irgend*was* besorgen.«

»Und was ist mit dir?«

Morris zeigte auf die »Largo«, auf den Ölteppich und auf zwei tieffliegende Flugzeuge. »Ich muß hierbleiben, muß mich um die ganz große Show kümmern.«

Der Assistent brauchte nicht nachzufragen, was gemeint war.

Denn exakt in diesem Moment gingen die Flugzeuge noch tiefer – auf den Ölteppich zu.

Wie riesige Fackeln flogen die Brandsätze aus den Flugzeugen.

Für die Spanne eines Atemzugs schien es, als würden die Brandsätze in dem schwarzen Schlamm versinken und erlöschen. Doch das war ein Trugschluß.

Explosionsartig loderten meterhohe, ja, haushohe Flammen empor, breiteten sich rasend schnell aus, vom zunehmenden Wind angefacht.

Und ebenso schnell bildete sich fetter schwarzer Rauch über den Flammen – eine rasch anschwellende Wolke, die den Himmel verdunkelte.

Die »Natsalane« folgte Willy, Midnight und Kwatsi auf dem Weg zu ihrer Familie. Jesses und Nadines ganze Aufmerksamkeit galt den Rückenflossen der Orcas. Elvis war mit seiner Seekrankheit vollständig ausgelastet.

So kümmerten sie sich nicht um das Abfackeln des Ölteppichs. Sie bemerkten nicht, wie ein Feuersturm daraus wurde. Flammen und Rauch rasten auf einem Fluß von Öl über die See – hinter der »Natsalane« her.

Fasziniert beobachtete Glen das Abfackeln des Ölteppichs auf dem Fernsehschirm. Die Aufnahmen, die das Fernsehteam dort draußen schoß, waren hoch dramatisch.

Plötzlich erstarrte Glen.

Da war die »Natsalane«, wie sie den Orcas folgte ...

... und selbst von dem Feuersturm verfolgt wurde!

Glen sprang auf, rannte los. »Annie!« brüllte er. »Randolph! Beeilt euch! Wir müssen sie zurückholen!«

Annie kam aus dem Zelt hervor, warf einen Blick auf den Bildschirm – und wußte Bescheid. Sofort rannte sie hinter Glen her.

Randolph hatte Glens Ruf gehört, ließ den Pickup mit hochgeklappter Motorhaube zurück und eilte den Greenwoods nach.

Gemeinsam erreichten sie den Anleger. Randolph wies auf eines der Fischerboote, das einem Freund gehörte. Sie sprangen an Deck. Glen machte die Leinen los, während Randolph die Maschine startete.

Annie stürzte auf das Funkgerät zu, schaltete es mit fliegenden Fingern ein. »Wie kriege ich hier die Coast Guard?« rief sie Randolph zu.

Er zeigte es ihr mit knappen Handbewegungen, ohne seinen Platz am Ruder zu verlassen. Glenn fand ein Fernglas, das zur Bordausrüstung gehörte, und hob es an die Augen.

»Wir haben einen Notfall!« rief Annie, nachdem sie das Funkgerät auf Senden geschaltet hatte. »Coast Guard, bitte melden! Wir haben einen Notfall!«

Hundert Yards von der »Natsalane« entfernt, hatten Willy und seine Geschwister die südliche Landzunge am Ausgang der Juan-de-Fuca-Straße erreicht. Die Orcas schlugen einen Bogen und strebten auf das offene Meer hinaus.

Jesse verspürte etwas wie ein Kribbeln im Nacken.

Er drehte sich um.

Und erstarrte.

Nadine und Elvis folgten seinem Beispiel. Beide wurden weiß vor Angst.

Ein Flammenmeer raste auf sie zu.

Der schwarze Rauch, hoch über dem lodernden Rot, machte aus dem Tageslicht finstere Nacht. In wenigen Minuten würde diese drohende Düsternis auch über die »Natsalane« hereinbrechen.

Kurzentschlossen ließ Jesse das Steuerruder rotieren. Die »Natsalane« war ein wendiges Boot, brauchte nur Sekunden, um auf Gegenkurs zu gehen.

Sie konnten es schaffen.

Jesse hatte das Steuerruder eisern im Griff; seine Fingerknöchel traten weiß hervor. Ein letztes Mal drehte er sich um und taxierte die Geschwindigkeit, mit der sich der Feuersturm fortpflanzte. Die »Natsalane« würde schnell genug sein, um die rettende Bucht rechtzeitig zu erreichen.

Jesse nickte Nadine und Elvis aufmunternd und zuversichtlich zu.

In diesem Moment stotterte die Maschine.

»Was ist das?« rief Elvis erschrocken.

Jesse starrte auf die Armaturen. »Benzin!« antwortete er. »Wir haben kein verdammtes Benzin mehr!«

Nadine zeigte nach Steuerbord voraus.

Zerklüftet aufragende Felsen waren dort zu sehen, jedoch keine Schaumkronen auf dem Wasser und kein gischtendes Anbranden der Wogen.

»Eine Robbenbank«, rief Nadine. »Vielleicht kannst du's bis dahin schaffen!«

Jesse nickte und brachte die »Natsalane« auf den neuen Kurs. Die Felsen waren leer, um diese Jahreszeit hielten sich dort keine Robben auf.

Zwei, drei Sekunden lief die Maschine des Boots noch stotternd weiter. Ein Spucken und Keuchen folgte, dann kehrte Stille ein.

Trotzdem reichten der restliche Vortrieb und der Winddruck aus, um die »Natsalane« auf das Robbenriff zuzutreiben.

Schlammig-schwarze Brühe schwappte gegen die Felsen.

Und die schwimmende Feuersbrunst trieb näher und näher heran.

Die Robbenfelsen waren zum Greifen nahe. Ein erster Ruck ging durch den Bootsrumpf. Jesse hielt sich geistesgegenwärtig am Ruder fest. Er wirbelte herum. Nadine und Elvis war nichts passiert.

»Nadine!« rief er. »Versuch, ob du per Funk Hilfe rufen kannst!«

Nur noch zweihundert Yards war die Flammenwand jetzt entfernt. Das Brüllen des Feuers und das Heulen des Sturms schwollen an.

Nadine schrie in das Mikrofon: »Hier ist die ›Natsalane‹! Wir brauchen Hilfe! Hilfe!«

Der Wellengang nahm zu. Immer weiter trieb das Boot auf das Riff. Die Stöße, mit denen es die Felsen traf, wurden heftiger.

Holz brach berstend und splitternd.

Mit schreckgeweiteten Augen sahen die drei an Bord, wie Wasser in den Bugraum strömte.

Jesse sprang aus dem Ruderstand. Er war sich über seine Pflicht im klaren, und er war innerlich völlig ruhig. Er mußte alles tun, um Nadine und Elvis zu retten. Sein eigenes Leben stand an dritter Stelle.

Er ergriff ihre Hände.

»Los!« rief er. »Wir müssen von Bord! Schnell!«

Die »Natsalane« bekam Schlagseite nach Steuerbord. Immer rascher sprudelte das Wasser in den geborstenen Rumpf.

Doch die Schlagseite des Boots erwies sich als günstig. Als ein flacher Felsen unmittelbar neben der Bordwand auftauchte, handelte Jesse sofort. Er half Nadine und Elvis hinüber, und bevor die »Natsalane« abdriftete, blieb ihm genügend Zeit, hinterherzuspringen.

Bäuchlings lagen sie auf dem glitschigen Felsen, hielten sich fest und beobachteten mit wachsender Furcht, wie das Flammenmeer näher und näher kam. Der dichte schwarze Rauch breitete sich immer weiter aus. Das Tosen und Brüllen des Feuers war eine grauenerregende Naturgewalt.

Hundert Yards entfernt sahen Jesse, Nadine und Elvis unvermittelt ein Patrouillenboot der Coast Guard, das zwischen schwarzen Rauchwolken durch das Wasser glitt.

Sie sprangen auf, winkten und schrien aus Leibeskräften.

Aber das Boot verschwand schon Sekunden später hinter dem Schwarz.

Jesse stöhnte verzweifelt auf. Er hielt Nadines und Elvis' Hände so fest, daß es den Anschein hatte, er würde sie nie wieder loslassen wollen.

Der Rauch kam näher, wurde dichter.

Jesse wies Nadine und Elvis an, sich gemeinsam mit ihm wieder flach hinzulegen und das Gesicht zwischen den Armen zu bergen. Auf diese Weise konnten sie sich vielleicht eine Weile vor dem Rauch schützen.

Das Brüllen und Fauchen der Flammen schwoll an, schien sie bereits einzuschließen.

Da hörten sie das Hubschraubergeräusch.

Sie sprangen auf, schrien und winkten wie von Sinnen.

Daß die Männer im Cockpit sie bereits gesehen hatten, wurde ihnen nicht einmal bewußt. Sie hörten nicht auf zu schreien und zu winken, bis die Maschine in dreißig Fuß Höhe über ihnen schwebte und den Höllenlärm der Feuersbrunst übertönte.

Jesse, Nadine und Elvis verstummten. Die Köpfe in den Nacken gelegt, beobachteten sie in andächtiger Freude, wie in der offenen Seitenluke ein Mann in orangefarbenem Overall erschien. Gleich darauf senkte sich ein Gurtgestell an einem Drahtseil herab.

Jesse und Nadine legten Elvis die Gurte an, sprachen ihm Mut zu und beobachteten voller Erleichterung, wie er aufwärts schwebte, dem rettenden Bauch des Helikopters entgegen.

»Wir haben es geschafft!« jubelte Nadine. »Jetzt wird alles wieder gut!«

Über ihren Köpfen wurde Elvis an Bord gezogen. Sofort senkte sich das Gurtgestell wieder herab. Jesse half Nadine hinein und überzeugte sich, daß alle Verschlüsse fest saßen. Jesse gab dem Mann an der Winde ein Zeichen. Nadine lächelte froh zu Jesse hinab, als sie emporschwebte.

Jesse sah sich um. Die mächtigen schwarzen Rauchwolken hingen tiefer über dem Wasser, hüllten die Flammen nahezu ein. Der Wellengang nahm zu.

Eine Woge krachte über Jesses Felsen.

Er verlor das Gleichgewicht, schlug der Länge nach auf den glitschigen harten Untergrund. Als er den Kopf hob, sah er das Gurtgestell auf sich zuschweben.

Annie hatte den Funkverkehr der Coast Guard abgehört. Freudestrahlend eilte sie an Deck.

»Sie haben sie!« rief sie. »Ein Hubschrauber rettet sie!«

Randolph drehte sich auf der Brücke um und gab das Daumen-Hoch-Zeichen. Dann konzentrierte er sich wieder auf den Kurs. Die Ausläufer der Rauchwolken waren wie schwarzgrauer Nebel.

Jesse hängte sich in die Gurte. Seine Augen brannten; er mußte die Lider zusammenkneifen, um überhaupt noch sehen zu können. Alles um ihn herum verschmolz zu wallenden finsteren Schwaden. Er hob die Hand, zum Zeichen für den Mann im Hubschrauber, daß er bereit war.

Jesse hielt sich mit beiden Händen am Drahtseil fest. Ein Ruck ging durch das Gurtgestell, und er wurde sanft angehoben, wie Elvis und Nadine zuvor. Mit jedem Stück, das er höher schwebte, vermochte er mehr von der Hölle aus Rauch und Flammen zu überblicken. Flammeninseln trieben weg, lösten sich voneinander, wurden von Wind und wölkendem Rauch vorangepeitscht.

Jäh ging ein Ruck durch die Gurte.

Jesse sackte weg.

Verzweifelt versuchte er, einen der Gurte noch zu erwischen. Seine Hände glitten ab. Er fiel ins Leere. Er hörte Nadines Entsetzensschrei aus dem Hubschrauber.

Jesse begriff schlagartig, was geschehen war. Mindestens einen der Schnappverschlüsse mußte er nicht richtig geschlossen haben.

Und er stürzte ab wie Ikarus – zurück in die Hölle aus Feuer, Wasser und Rauch.

Annie wurde blaß, als sie die quäkende Stimme aus dem Rauschen und Prasseln der atmosphärischen Störungen hörte.

»Den dritten haben wir verloren! Ist wieder ins Wasser gefallen!«

Glen und Randolph wechselten einen erschrockenen Blick.

Dünn, aus dem Hintergrund, war Elvis' schrille Stimme zu vernehmen. »Jesse! Ihr müßt zurück und ihn suchen!«

Randolph suchte mit scharfem Blick den Horizont ab. In der nächsten Sekunde erspähte er den Hubschrauber, der tief über dem Wasser schwebte und bereits von den ersten schwarzen Rauchwolken erfaßt wurde.

Der hochgewachsene Indianer machte die Greenwoods auf die Maschine aufmerksam; dann packte er das Ruder und nahm Kurs auf die Stelle, über der der Hubschrauber hing.

20. Kapitel

Jesse wimmerte vor Schmerzen, als er auftauchte. Keuchend holte er Luft. Er war mit der linken Schulter aufgeschlagen, die Schmerzen tobten durch seinen Oberkörper. Vielleicht aber war das sein Glück gewesen. Wäre er mit dem Kopf aufgeschlagen, hätte das seinen sicheren Tod bedeutet.

Mit der rechten Hand fand er Halt an einem Felsen. Es kostete ihn geradezu übermenschliche Kraft, sich hinaufziehen. Sein Atem ging rasselnd und pfeifend, als er endlich auf der schrundigen Oberfläche lag.

Die Flammen brüllten, der Sturm heulte, und im nächsten Moment rollte eine schmetternde Woge über Jesse hinweg. Die Gewalt des Wassers zerrte an ihm; mit aller Kraft, die er noch aufbringen konnte, krallte er sich fest.

Erschöpft ließ er den Kopf auf den kalten Fels sinken. Das Atmen fiel ihm schwer. Erst jetzt wurde ihm klar, daß er von Sekunde zu Sekunde stärker von dem Rauch eingehüllt werden würde.

Ein Sinnesimpuls ließ ihn den Kopf wieder heben.

Da sah er es – wie in einem Traum.

Eine mächtige, sich wölbende Form hob das Wasser, teilte es. Der Sprung des schwarzglänzenden Körpers hatte die Eleganz eines Delphins, und die weißen Flecken leuchteten hell – das Zeichen der Hoffnung in der Düsternis.

Der Orca nahte schnell.

Jesses Augen weiteten sich ungläubig.

»Willy!« flüsterte er.

Als er sich aufsetzte, voller Mühe, war nichts mehr zu sehen. Rauchschwaden waberten wie Schleier aus dem Totenreich. War es doch nur ein Traum gewesen? Unendliche Traurigkeit befiel Jesse.

Doch im nächsten Moment brach Willy erneut durch die Wasseroberfläche – diesmal nur wenige Yards entfernt.

Jesse stieß einen Freudenschrei aus.

Und dann war der treue Freund neben ihm, an dem Felsen.

Jesse streichelte ihn. »Hey, alter Kumpel, du solltest aber nicht hiersein!«

Willy quietschte und schnatterte aufgeregt.

Jesse keuchte; das Atmen wurde immer anstrengender.

»Schöne Bescherung, was?« Er nickte Willy zu. »Du solltest jetzt besser von hier verschwinden, bevor es zu spät ist.«

Krachend rollte eine Welle über ihn hinweg und an ihm vorbei. Gerade noch rechtzeitig konnte Jesse sich festklammern. Jetzt war das Feuer nur noch fünfundzwanzig Yards entfernt. Jesse spürte die zunehmende Hitze nun gleichzeitig mit dem Beißen des Rauchs.

Willy bewegte den Kopf heftig auf und ab und hörte nicht auf, zu quietschen und zu schnattern.

Jesse berührte seine schmerzende Schulter, sah sich um. »Mach schon, beeil dich!« drängte er den treuen Freund. »Du mußt jetzt weg von hier!«

Doch Willy wurde nur noch aufgeregter, ließ sich nicht beirren.

»Was?« staunte Jesse. »Du willst mit mir hier rausschwimmen? Und ich soll mich an deiner Rückenflosse festhalten?«

Diesmal sahen Willys heftige Kopfbewegungen in der Tat wie ein Nicken aus.

»Wie Natsalane...«, flüsterte Jesse. »Aber das werde ich niemals schaffen...«

Er keuchte und hustete und sah sich um. Erst in diesem Augenblick wurde ihm bewußt, daß sich etwas um seine Beine geschlungen hatte. Instinktiv hielt er sich sogar daran fest. Es war wie ein dicker Strang.

Als er an sich hinabblickte, stellte er fest, daß es Seetang war. Er begann, den fast sieben Yards langen Strang zu entwirren, und noch während er es tat, wußte er, daß dies eine gütige Fügung war.

Willy half ihm, so gut er konnte, indem er nahe an den Felsen herankam. Jesse legte den Tang-Strick in mehreren Windungen um Willys Rückenflosse, und dann schlüpfte er in die starken Schlingen, zog sie fest und verknotete sie. Mit der gesunden Hand hielt er sich zusätzlich an Willys Finne fest.

»In Ordnung«, flüsterte er. »Ich bin soweit.«

Sofort setzte sich Willy in Bewegung.

Und Jesse war wie der Indianerjunge Natsalane aus der Legende – von Seetang an der Rückenflosse des Orcas gehalten.

Willy steuerte zielstrebig auf eine nur zehn Yards breite Gasse freien Wassers zu. An beiden Seiten stiegen die Flammenwände haushoch auf.

Jesse hustete; das Atmen wurde immer mühseliger.

Willy erreichte die Gasse, verfolgt von einer dritten Flammenwand. Und das Unheil nahm seinen Lauf. Auch vorn versperrte sich der Weg.

Die Flammenwände wuchsen zusammen, zogen sich regelrecht an. Willy drehte sich auf der Stelle, vergeblich nach einem Ausweg suchend. Jesse keuchte und rang nach Atem. Die brüllende Hitze wurde unerträglich.

Willy nahm wieder seine ursprüngliche Richtung ein, begann zu tauchen. Das Wasser erreichte Jesses Beine, stieg höher, erreichte seinen Oberkörper und seinen Hals. Es war eine Erleichterung in der Hitze.

Aber Willy zögerte.

Das kluge Tier war nicht sicher, ob Jesse es durchhalten würde.

Jesse erahnte Willys Gedanken, und er tätschelte seinen Rücken.

»Na los, Willy!« flüsterte er. »Wir schaffen es!«

Und dann holte er tief Luft, pumpte sich den Sauerstoff in die Lungen und hielt sich die Nase zu.

Willy glitt in die Tiefe.

Seine Kraft war gewaltig. Jesse fühlte sich auf einmal geborgen – in dieser körperlichen Nähe des mächtigsten Beschützers, den er jemals gehabt hatte. Und er konnte nicht anders, er mußte die Augen öffnen.

Das Wasser war grünlich, doch oben, über seinem Kopf, glich es einem grellrot glühenden Himmel.

Die machtvollen Bewegungen von Willys Schwanzflosse ließen das grelle Rot sehr bald zurückbleiben – immer weiter, bis auch das Meer über ihnen wieder sein gesundes helles Grün annahm.

Der Hubschrauber und das Fischerboot suchten die See in der Randzone der Rauchschwaden ab. Nadine und Elvis spähten voller Sorge auf die wellenbewegte Wasseroberfläche hinab. Auf der Brücke des Fischerboots suchten Annie, Glenn und Randolph das Meer nicht weniger angestrengt ab.

Und die Freudenschreie ertönten nahezu gleichzeitig – auf dem Wasser und in der Luft.

»Seht doch! Seht doch! Willy und Jesse!«

Freude und Erleichterung wollten kein Ende nehmen.

Willy glitt wie selbstverständlich an das Boot heran. Annie und Glen halfen Jesse an Bord, und Annie schloß ihn in die Arme. Jesse blickte hinunter zu seinem Lebensretter.

»Danke, Willy!« rief er mit Tränen in den Augen. »Und jetzt sieh zu, daß du zu deiner Familie kommst!«

Willy gab ein Quietschen von sich, das traurig klang. Doch er setzte sich in Bewegung und schwamm hinaus auf die offene See.

Glen brachte eine Decke und wickelte Jesse darin ein. Jesse strahlte und ächzte gleichzeitig.

»Sieht so aus, als ob ich mir die Schulter geprellt habe«, sagte er. »Aber ansonsten ist alles okay.«

Randolphs und Jesses Blicke trafen sich, und ein stummes Verstehen entstand zwischen ihnen. Und dann gab es nur noch eines zu tun: Gemeinsam wandten sie sich dem Meer zu, das sich weit und grenzenlos vor ihnen erstreckte.

Sie blickten Willy nach, bis sie ihn nicht mehr sehen konnten.

Erst dann nahm Randolph Kurs auf die Bucht.

21. Kapitel

Die Sonne schien wieder über Skagit Island, und nun, endlich, sollte für die Greenwoods – und ihre beiden Söhne – der wirkliche Urlaub beginnen.

Sie trugen ihre Sachen zum Anleger, wo Randolph und Nadine bei dem Fischerboot warteten. Sie hatten das Zweier-Kajak, das als Beiboot dienen sollte, bereits an Deck verstaut.

Jesse und Elvis gingen nebeneinander her.

»Wieviel Betten hat der Kahn?« fragte Elvis.

»Wir haben eine doppelstöckige Koje, unten«, antwortete Jesse.

»Ich schlafe oben«, sagte Elvis rasch.

»Nein, ich!« widersprach Jesse. »Ich bin der ältere.«

»Mann, die obere Koje steht mir zu«, konterte Elvis, »weil ich der besser Aussehende von uns beiden bin.« Auf Jesses warnenden Blick hin lenkte er ein: »Okay, meinetwegen – ich schlafe unten. Aber zum Einschlafen kriege ich den Walkman.«

»Was ist denn das für ein Geschäft?« knurrte Jesse. »Meinen Walkman habe ich schon seit zwei Tagen nicht mehr gesehen.«

»Ich hab' für dich auf ihn aufgepaßt«, grinste Elvis.

Annie und Glen hatten das Boot erreicht.

Annie lachte. »Also, ihr beiden zankt euch wie ...« Sie biß sich auf die Unterlippe.

Jesse seufzte, doch dann lächelte er. »Du kannst es ruhig sagen.«

Annie atmete auf und sprach die beiden Worte laut und deutlich aus: »Wie Brüder.«

Schon am frühen Nachmittag hatte das Boot das offene Meer erreicht, und Randolph hatte den Treibanker ausgebracht.

Nun, im Sonnenuntergang, lag das Boot in einer golden gefärbten See. Ein Weißkopfadler strich über die stillen Wasser. Annie, Glen, Elvis und Randolph standen an Deck und beobachteten das faszinierende Geschehen.

Vor dem Horizont glitt das Kajak mit Jesse und Nadine durch das goldene Wasser.

Sie waren umgeben von stolz aufragenden schwarzen Rückenflossen, die sacht durch die Wasseroberfläche schnitten. Jesse und Nadine beobachteten ihre Freunde, die Orcas, in stiller Bewunderung. Der Junge und das Mädchen teilten die Bewunderung, und wenn sie sich von Zeit zu Zeit lächelnd in die Augen sahen, wußten sie, daß jedes Wort überflüssig gewesen wäre.

Jesse streichelte Willy, der nahe am Kajak vorüberglitt, ohne es zu berühren oder auch nur ins Schwanken zu bringen.